CU01433680

LE BAISER DE LA VEUVE NOIRE

Par
Alex McAnders

McAnders Books

*****

Les personnages et les événements dans ce livre sont fictifs. Toute ressemblance avec des personnes réelles, vivantes ou mortes, est fortuite et non voulue par l'auteur. La personne ou les personnes figurant sur la couverture sont des modèles et ne sont pas associées à la matière de création, le contenu ou le sujet de ce livre.

Tous droits réservés. Aucune partie de cette publication ne peut être reproduite sous quelque forme ou par quelque moyen électronique ou mécanique que ce soit, y compris le stockage de l'information et des systèmes de récupération, sans la permission écrite de l'éditeur, sauf par un critique qui peut citer de brefs passages dans une revue. Pour plus d'informations, contactez l'éditeur à : Alex@AlexAndersBooks.com.

Droit d'auteur © 2025

Site Officiel: www.AlexAndersBooks.com
Podcast: BisexualRealTalk
Visitez l'auteur sur Facebook à
l'adresse: Facebook.com/AlexAndersBooks
Obtenez 4 livres de français gratuits lorsque vous vous inscrivez pour la liste de diffusion de
l'auteur: AlexAndersBooks.com

Publié par McAnders Publishing

Autres titres de Alex McAnders

Romance Gay

Problème de Mariage Mafieux; Livre 2
Un sérieux problème; Livre 2; Livre 3; Livre 4; Livre 5;
Livre 6
Le Baiser de la Veuve Noire

LE BAISER DE LA VEUVE NOIRE

Chapitre 1

Dante

Je vous jure, Dieu sait que je l'aime, mais si Matteo finissait un jour mort dans un fossé, ma vie serait tellement plus facile. Ne vous y méprenez pas, les rues de New York ruisselleraient du sang que je verserais pour venger sa mort. Personne ne touche à mon frère. Mais même ça, ça serait plus simple que de nettoyer ses dégâts.

« Tu ne sais pas ce qui s'est passé, prétendait Matteo, son récent piercing au nez étant la seule chose que je pouvais voir.

— Je me fiche de ce qui s'est passé. Tu es un putain de Ricci. L'homme que tu as tué et traîné dans les rues était un membre assermenté des Yakuzas.

— Dante…

— Je ne veux rien entendre ! » dis-je, en ayant assez entendu.

Serrer le rebord du bureau était la seule chose qui m'empêchait de sauter par-dessus pour lui casser son sale nez. Il protégeait son visage durant les bagarres comme si c'était un trésor.

— Écoute, nos liens familiaux sont la seule chose qui m'empêche de t'envoyer à ces foutus requins moi-même.

— Tu n'as pas entendu ce qu'il a fait à la fille, affirma Matteo, sans reculer.

— Je me fiche qu'il l'ait démembrée.

— Tu ne le penses pas.

— Je pense ce que je dis

— Tu dis beaucoup de choses. Mais tu es moins dur que moi.

— La ferme !

— C'était la petite sœur de Vincente ! cria Matteo, me faisant tressaillir.

— Quoi ?

— Oui. Tu te souviens d'elle, pas vrai ? C'était la gamine qui nous suivait, Vincente et moi, quand on était gosses. On raconte qu'elle aime le sexe un peu rude, et ce fils de pute l'a coincée, complètement défoncée, et l'a bousillée. Elle a des cicatrices qu'elle ne pourra jamais cacher. »

Je pouvais sentir la rage bouillir en moi. La vérité, c'est que je me souvenais de cette fille. À l'époque où je la connaissais, elle avait des couettes et vénérait quiconque était lié à une famille. La personne qui avait profité d'elle de cette manière devait mourir.

Matteo n'avait pas eu tort de débarrasser la planète d'une ordure pareille. En fait, si j'en avais entendu parler en premier, je l'aurais fait moi-même. Mais il existe des façons de le faire qui n'entraînent pas une guerre de territoire ouverte.

Personne n'aimait ça, mais les étaient sont une réalité à New York et on ne pouvait pas s'en débarrasser. Tout l'opium qui atterrissait dans les rues, c'est d'eux qu'il provenait. Ce commerce mondial était hors de portée pour la plupart des familles, sauf les Lyon et les Clément.

Mais depuis que le chef de la famille Lyon avait disparu, comme personne n'avait voulu prendre le relais, il ne restait que les Cléments. Ils auraient été les plus susceptibles de prendre le contrôle s'ils n'avaient pas eu deux problèmes : Armand n'avait pas d'héritiers mâles, et on racontait qu'il avait maintenant un problème de taupe.

Ce vide était une opportunité. Quelqu'un allait s'imposer. Qui de mieux que la famille Ricci ? Depuis que Papa avait relâché son emprise sur les affaires, j'avais réussi à étendre notre influence. Construction, prêt, nous avions même fait des progrès dans les diamants. Mais s'il y avait une chose à laquelle nous ne pouvions pas toucher, c'était l'héroïne.

Premièrement, c'était de la merde qui laissait une ville dans un état encore pire que celui où vous l'avez trouvée. C'était quelque chose que mon père aurait pu faire. Mais désormais nous étions dans le secteur de la croissance. Nous construisions des choses. Nous prêtions de l'argent qui rendait la ville meilleure.

Ces enfoirés d'étrangers utilisaient notre ville comme leurs chiottes. Nous ne pouvions pas les laisser faire. Mais cette tête brûlée de Matteo venait de leur donner l'excuse qu'ils cherchaient pour déclarer la guerre. Ce n'était pas bon pour les affaires Ricci.

« Écoute, Matteo, il y a des façons de faire les choses, dis-je en me calmant.

— Ouais. La façon dont je l'ai fait, ça assure qu'ils y réfléchiront à deux fois avant de recommencer. »

Mon sang ne fit qu'un tour. Dans une rage aveugle soudaine, mon poing manqua de fracasser le bureau.

« Non ! C'était un foutu membre assermenté ! Tu sais ce qu'est un foutu membre assermenté ? »

Matteo se figea en voyant que j'avais perdu mon calme.

« Je sais ce qu'est un membre assermenté, Dante.

— Alors, qu'est-ce qu'un foutu membre assermenté ?

— C'est un mec intouchable. »

— Non ! Mais si tu le touches, il faut que la tête de quelqu'un tombe. Quelqu'un doit mourir. C'est ça. Pas de négociation. Ton action a condamné un de nos hommes. Un putain de gosse va grandir sans père à cause de toi. Est-ce que tu as pris une seconde pour réfléchir à ça ?

— Tu n'as pas vu ce qu'il a fait à la sœur de Vincente, a-t-il dit d'un air moins arrogant.

— Il y a des façons de le faire, ai-je répondu, sentant à nouveau la colère menacer de déborder.

— D'accord, d'accord. J'ai commis une erreur. J'ai merdé. Mais tu vas nous sortir de là avec ta magie, pas vrai ? »

Voir de l'humilité chez Matteo était pour moi une chose nouvelle. Cela me prit par surprise, me poussant à m'asseoir. Était-ce ce qu'il avait vraiment fini par comprendre la leçon ?

« Allez, Dante. Tu peux gérer ça, non ? Ce con le méritait. Aucun de nos hommes n'a besoin de mourir pour ça. »

Je le regardai, voyant quelque chose que je n'avais jamais vu chez mon jeune frère auparavant. Je ne l'avais jamais entendu parler ainsi. Est-ce que cet enfoiré s'était adouci ? S'il pouvait se calmer un peu… Ma vie serait tellement plus simple.

« Tu finiras par me tuer, » dis-je dit cédant.

Matteo arbora ce foutu sourire qui était généralement la dernière chose que ses victimes voyaient.

« Je savais que tu pouvais régler ça. C'est pour ça que tu as ce boulot difficile. Papa avait raison en te nommant responsable. Tu es exactement ce dont cette famille a besoin.

— Tu es un sale lèche-cul, lui dis-je, mon esprit tourbillonnant à la recherche d'une solution.

— Je vais te laisser tranquille. Si jamais tu as besoin que je fasse quelque chose, tu sais que je suis là.

— Tu pourrais te dénoncer et m'épargner la peine de t'assommer pour t'amener à eux moi-même. »

Matteo se figea, comme s'il se demandait si je plaisantais.

« Ne rigole pas avec ça, Dante. Un de nos hommes pourrait t'entendre et penser que tu es sérieux.

— Oh, mais je suis sérieux, dis-je en songeant à ma vie qui serait tellement plus simple. Je te mettrais même un petit nœud pour qu'ils puissent t'ouvrir sous un sapin.

— Ces enfoirés de Japonais fêtent Noël ?

— Tu ferais mieux d'espérer que non. »

Matteo me regarda en coin.

« Ne plaisante pas avec ça, » dit-il, redevenant le fou que je n'avais d'autre choix que d'aimer.

Toute trace d'humilité avait disparu. Au lieu de tirer les leçons de son erreur, n'était-il pas simplement devenu un meilleur acteur ? Peut-être aurais-je vraiment dû le livrer aux Yakuzas. Quelqu'un m'en aurait-il voulu? Cet homme avait des penchants sadiques que personne ne regretterait.

« Je vais m'occuper de ça, » lui dis-je. Je ne savais pas comment, mais j'étais certain que je trouverais.

« Merci. Mais il faut que je te dise, ne remets plus jamais en question mon jugement comme ça. Ça me fait du mal, tu sais ? »

Je le regardai, sans lui offrir de réponse. C'était généralement la meilleure façon de gérer sa folie. On aurait dit qu'il y avait deux personnes vivant dans son corps. L'une qui pouvait égorger un homme pour lui avoir jeté un regard de travers. L'autre étant un petit garçon effrayé que je protégeais de Papa. On ne pouvait jamais dire quand l'un ou l'autre sortirait.

Papa nous avait fait du mal à tous. Mais aucun de nous n'avait été plus affecté que Matteo. Il y avait définitivement quelque chose de maléfique chez notre vieux père. Je ne savais pas exactement ce que c'était, mais il l'avait transmis à Matteo. D'une certaine façon, Matteo devenait de plus en plus comme lui chaque jour. Tout ce qui me restait, c'était l'espoir.

J'étais sûr que je pourrais réussir avant que l'emprise de Papa ne soit totale. Il y avait encore un homme bon là-dedans. Mais comme je ne l'avais pas encore trouvé, il allait attacher des cadavres à l'arrière de sa voiture et les traîner à travers le territoire des Yakuzas.

La pensée de ce qu'il avait fait me submergea. « Merde ! Mais comment est-ce que je vais nous sortir de là ? »

La réponse me vint aussi vite que j'avais posé la question.

Deux ans plus tôt, lorsque j'avais pris les rênes de la famille, j'avais reçu la visite de Sato. Les Yakuzas n'avaient pas encore pris pied dans le trafic d'héroïne à New York et le vieux était en difficulté. Le bruit courait que ses patrons envisageaient de l'éliminer de manière permanente. Alors Sato se battait pour sa vie.

L'homme avait de la vision, je le lui accorde. Il avait prévu la chute des Lyon et il m'avait proposé une alliance. Mais il ne voulait pas simplement notre parole. Ces cinglés ne font jamais rien à moitié. Il voulait des liens familiaux. Il m'offrit sa fille en mariage.

Ma réponse fut : « Putain, non ! »

Je reconnais que ce n'est pas ma meilleure réplique. Pour être juste, je traversais des moments difficiles à l'époque. Je subissais beaucoup de pression pour prendre la relève et je voyais ce mariage comme le bouton off de ma soupape de sécurité.

Bien sûr, je m'imaginais me marier un jour. Mais, pour ne pas tuer quiconque me regardait de travers, j'avais besoin de certaines échappatoires. Cela exigeait le bon type de mariage avec une femme qui fermerait les yeux.

Il s'avéra que Yuki était exactement ce dont j'avais besoin. Je ne l'avais pas rencontrée à l'époque. Il me semble qu'il avait dit qu'elle était encore au Japon. Mais en la voyant représenter leur famille lors d'une cérémonie, je sus qu'en la refusant, j'avais commis une erreur.

Lors de la cérémonie, je ne l'avais pas vu croiser une seule fois le regard d'un homme. Elle était tout en courbettes et en humilité. La culture japonaise est très différente de la nôtre. Je le comprenais à présent. En définitive, elle aurait été l'épouse parfaite. Et il me semblait que c'était toujours vrai.

Aussi insulté qu'il avait été par mon refus, Sato n'avait pas fermé la porte à son idée. Sa vie était en jeu. Il ne pouvait pas se permettre de déclencher une guerre d'honneur. Donc, deux ans plus tard, nous allions y revenir.

Premièrement, Matteo avait mis les Yakuzas en dette envers nous. Deuxièmement, leur commerce mondial cimenterait la domination des Ricci sur la ville. Et troisièmement, je n'avais toujours pas de femme. Sato était juste tombé au mauvais moment avant. Il le comprendrait, non ?

La patience n'était-elle pas une chose japonaise ? C'est pour ça qu'ils font ces dessins dans le sable, non ? Merde, je n'en savais rien. Si je devais épouser Yuki, j'allais avoir besoin de savoir ces choses.

« Tu ne peux pas épouser une Yakuza, » déclara Papa du bout de la table lors du dîner de dimanche-là.

Comment est-ce qu'il sait ça ? me demandai-je en regardant les fils Ricci remplir leurs assiettes comme si mon mariage était une vieille nouvelle. Il n'y avait qu'un de mes frères en qui j'avais confiance, Lorenzo. Et comme d'habitude, il n'était pas là.

« Tu épouses une Yakuza ? demanda Matteo avec un sourire narquois. Quand as-tu décidé ça ?

— Quand mon crétin de frère a tué un membre assermenté et que j'ai dû nettoyer sa merde, crachai-je, effaçant son sourire.

— Ah.

— Ouais. C'est bien ce que je me disais, marmonnai-je en regardant mes trois autres frères qui détournèrent rapidement les yeux.

— Les Yakuzas ne peuvent pas être dignes de confiance, proclama Papa, l'oracle depuis sa montagne.

— Ah ouais, Papa ? Alors que suggères-tu que je fasse ?

— Vas à la guerre. À moins que tu ne me fasses honte en étant un fils qui a peur de combattre ?

— Il n'a pas peur de combattre, Papa, intervint Matteo, montrant à nouveau des signes d'un homme nouveau. Dante combattrait le meilleur d'entre eux. Mais il combat d'une manière différente. »

Matteo avait-il enfin compris ?

« Seul un lâche fuit devant la guerre, déclara Papa.

— Et seul un imbécile fonce tête baissée, lui répondis-je, sans reculer.

— Ils t'humilieront. Ils humilieront cette famille, et nous finirons exactement là où nous avons commencé. »

Une rage folle m'aveugla. En tapant violemment du poing devant moi, je fracassai mon assiette, envoyant son contenu valser dans tous les sens.

« Dante ! cria Ma comme si elle pensait pouvoir contrôler les choses comme quand j'avais cinq ans.

— Non, Ma ! J'en ai marre de cette merde, dis-je en me levant.

— Dante, assieds-toi ! insista Ma.

— Je ne veux pas te manquer de respect, Ma, mais il faut que ça s'arrête maintenant.

— Et qu'est-ce que tu comptes arrêter ? » demanda Papa avec plus de calme qu'il n'en avait le droit.

Cela m'informa sur ce qu'il pensait. Papa était fait pour la confrontation. Il vivait pour ça. Il nous avait transformés en tueurs à coups de batte de baseball et de brûlures de cigarette. Sans jamais sourciller, tout comme il se comportait à présent.

Alors que je le fixai, je me souvins de l'enjeu. Si tu affrontes le roi, tu as intérêt à ne pas le rater. Papa nous avait eus tard dans sa vie, mais il n'était pas un vieil homme. Du moins, pas assez vieux pour qu'on s'attende à le voir partir. Quand il se regardait dans le miroir, il ne voyait pas les cheveux gris et les rides sans fin. Il se voyait comme un homme qui pouvait me battre.

Pour me calmer, je pris une respiration et essuyai de mon gilet les éclaboussures de la marinara de ma mère.

« Cette remise en question doit s'arrêter maintenant, dis-je à Papa sans avoir besoin de le regarder. Ton rôle en tant que chef de notre famille est terminé. Tu seras toujours notre père et nous t'accordons le respect qu'on te doit pour ça. Mais en ce qui concerne la gestion des affaires de famille, ce travail est le mien maintenant.

— Je ne te l'ai pas donné, fils, » dit-il froidement.

Je le regardai, assuré.

« Tu n'as pas besoin de me le donner, Pa. Je le prends. »

Sur ce, je me levai de table et traversai le salon encombré de mes parents pour prendre ma veste.

« Maintenant, pour remédier aux problèmes de notre famille, je vais me marier. Tu peux l'accepter ou pas. Franchement, je m'en fiche. Cette famille doit être dirigée vers l'avenir. Et tes anciennes méthodes sont mortes, Pa.

« Si l'un d'entre vous souhaite venir au mariage, je vous enverrai une invitation. Sinon, je m'en fiche. Quoi qu'il en soit, vous me respecterez. Et en tant que nouveau chef de cette famille, vous ferez ce que je dis. »

Avec ces mots, j'ajustai ma veste, jetai un dernier regard à ma famille ébahie et partis.

Je pris une profonde inspiration, m'assurant de remplir mes poumons de l'odeur douce des rues de Brooklyn en descendant les escaliers vers le trottoir. Pourquoi ? Parce que je savais que cette odeur pourrait être la dernière que je sentirais. Personne ne parlait à mon père comme je venais de le faire. Du moins, personne qui vivait pour en parler.

Nos liens de parenté ne changeaient rien. Des rumeurs disaient que Papa avait autrefois essayé de tuer son propre frère. Personne ne pouvait le confirmer parce que son frère avait disparu peu après. On disait qu'il était retourné en Italie.

De temps en temps, nous recevions de ses nouvelles. Surtout pendant les fêtes. Cela venait généralement avec une demande de libre passage pour rentrer au pays. Mais le fait que je ne l'aie jamais rencontré montrait l'habileté de mon père à garder rancune.

En tournant au coin de la rue, je commençai à croire que j'avais réussi. J'avais revendiqué mon indépendance et elle avait été acceptée. En son absence d'action immédiate, il m'avait déclaré vainqueur. Je détenais officiellement les rênes de la famille Ricci. Et mon premier acte officiel allait être d'épouser la femme qui permettrait à ma vraie vie de commencer.

« Dante ! » entendis-je crier alors que j'étais sur le point de monter dans ma voiture.

Je me raidis. Allais-je me retourner pour recevoir une balle dans la tête ? Qui verrais-je me regarder ? Serait-ce Matteo ? J'aurais dû anticiper l'emprise que Papa avait sur lui.

Sans nulle part où fuir, je me redressai et pivotai sur mes talons pour découvrir une surprise.

« Lorenzo ! Qu'est-ce qui se passe ? demandai-je, face à celui de mes frères qui évitait ces dîners comme la peste.

— Il faut qu'on parle, dit-il en s'approchant.

— D'accord. Mais pas ici, » répondis-je en balayant les rues du regard et en le faisant grimper dans ma voiture.

Alors que nous partions rapidement, les maisons en grès brun défilaient devant nous.

« Qu'est-ce qu'il y a ? dis-je en gardant un œil sur le rétroviseur.

— Il y a une rumeur qui court. Elle concerne ton futur mariage.

— Comment mon mariage a-t-il pu devenir une rumeur? J'ai finalisé cet accord il y a à peine six heures, dis-je, n'aimant pas la tournure que prenaient les choses.

— Si tu penses que tu l'as finalisé, il faudrait peut-être que tu reparles à Sato.

— Et pourquoi donc ? dis-je en sentant ma nuque se réchauffer.

— Ne tire pas sur le messager, Dante, me demanda Lorenzo nerveusement, son absence de

tatouages et sa stature fine contrastant fortement avec
Matteo et moi.

— Pourquoi tirerais-je sur le messager ?

— Parce que Sato n'a pas l'intention de t'offrir
Yuki. Il te propose Kuroi. »

Mon frère n'aurait pas pu ne pas remarquer
combien je devins pâle. Mon visage me picotait alors que
je quittais lentement mon corps.

« Dante, tu m'entends ?

— Je t'entends.

— Il essaie d'humilier la famille, » dit Lorenzo
en soulignant l'évidence.

Manifestement, Sato n'avait pas digéré mon refus
de sa première proposition de mariage. C'était sa façon
de se venger. Il voulait une guerre pour ce que Matteo
avait fait à son homme. Et la seule façon d'y échapper
était que j'épouse son fils, la Veuve Noire.

« Tu ne penses pas sérieusement le faire, n'est-ce
pas, Dante ? »

Je détournai le regard alors que les paroles de
Papa résonnaient dans ma tête. Il avait raison à propos de
Sato. Merde !

Alors, qu'est-ce que j'allais faire maintenant ? Si
je n'allais pas au bout de la démarche, mon père se
servirait de ça pour saper mon contrôle encore fragile sur
les affaires.

Si je devais épouser cet enfant bâtard de Sato, les chances que je finisse mort comme tous ses autres amants étaient presque certaines.

Peut-être que je réfléchissais mal. Peut-être que toutes les choses dingues que j'avais entendues à propos de Kuroi n'étaient pas vraies. Peut-être que tout ce qui se disait à son sujet était exagéré.

La rue se trompe parfois. Et ce que j'avais entendu sur Kuroi résultait peut-être de ce genre d'erreur. Parce qu'il ne pouvait pas être aussi dément que ce qu'on disait de lui, non ? Personne ne pouvait l'être.

Chapitre 2

Kuroi

« Si j'avais touché un dollar à chaque fois qu'on m'avais mis une boule dans la bouche au mauvais moment… » pensai-je en riant. Pourtant, j'avais bien mérité celle qui m'écartelait actuellement la mâchoire. J'avais juré de ne plus jamais me retrouver nu et ligoté dans le coffre d'une voiture. C'est la seule manière de garder des souvenirs d'anniversaires vraiment spéciaux.

Alors, pourquoi étais-je maintenant aveuglé et bâillonné dans ce qui devait être une Classe E d'il y a deux ans ? Allez savoir ! Il y a trente minutes, j'étais très heureux attaché à une croix de Saint-André. Repousser mes limites, c'est mon crédo. Mais si la soirée devait se terminer avec mon cadavre jeté dans un fossé, je serais vraiment furieux.

Lorsque les freins de mon char se mirent en action et que le soleil toucha ma chair nue, je sentis le regard de deux personnes sur moi. Ils se demandaient quoi faire. Comme ils gardaient le silence, je supposai qu'ils utilisaient des gestes. Intéressant ! Cela signifiait qu'ils n'avaient pas l'intention de me tuer et qu'ils espéraient survivre à notre petite rencontre. Trop mignon !

Quand l'un d'eux m'attrapa par les jambes et me lança sur son épaule, je sus où j'allais. Le passage du soleil à l'air frais confirma mon idée. Si je n'avais pas été aveuglé par l'espoir que mon amant soit enfin devenu créatif, je l'aurais compris plus tôt.

Il n'existait qu'une seule personne dont l'eau de toilette de mauvais goût s'accrochait à quiconque se trouvait dans la même pièce que lui. Et la vague de parfum qui chatouilla mon nez alors qu'on me faisait asseoir sur une chaise le confirma. Une fois mon bâillon retiré, j'avalai ma salive et humidifiai mes lèvres.

« Bonjour, père, dis-je, sans besoin de le sentir ni de l'entendre pour savoir qu'il était là.

— Pourquoi est-il nu ? demanda mon père en s'adressant à ses hommes.

— La question est, pourquoi n'êtes-vous pas nu ? C'est une fête, non ? En tout cas, c'était à une fête que je me trouvais avant que vos hommes décident que c'était un bon jour pour mourir.

— Nous l'avons trouvé comme ça, chef, dit l'un d'eux avec la juste dose de peur dans la voix.

— J'étais en plein milieu de quelque chose, informai-je mon cher père.

— Et pourquoi n'est-il pas habillé ?

— Nous avons pensé qu'il valait mieux le garder attaché pour l'empêcher de, vous savez…

— De vous tuer ? Oh, c'est déjà trop tard pour ça, dis-je en souriant.

— Détachez-le. Habillez-le, ordonna mon père en se dirigeant vers la porte, nous laissant bêtement tous les trois seuls.

—Vous avez entendu mon père. J'imitai son intonation. Détachez-moi ! Habillez-moi ! »

Aucun d'eux ne bougea. Toujours aveuglé, je supposai qu'ils gesticulaient à nouveau.

« Je sais. Choix difficile. Détacher mes mains d'abord ? Non, je pourrais en faire trop avec mes mains. Alors, que diriez-vous de mes pieds ? Mais je pourrais m'enfuir. Le patron n'aimerait pas ça. Que faire ? Que faire ? » les narguai-je.

Après ce qui sembla être une éternité de contemplation, mon ami effrayé opta pour commencer par mes pieds. Après avoir longuement tiré sur le nœud solidement attaché, il dut être autant surpris que moi de voir les cordes tomber au sol. Mes jambes fines se levèrent et se serrèrent autour de son cou.

Surprise ? C'était pourtant inévitable. Comment aurais-je pu le tuer autrement ? Mes mains étaient toujours attachées. Mes jambes étaient tout ce que j'avais.

Sentant qu'il avait légèrement déplacé son poids, je le tournai, le prenant au dépourvu et l'envoyant à terre sur le dos. Ensuite, je fis la chose la plus évidente : je le lâchai, glissai mes mains attachées sous mon dos et utilisai la corde pour l'étrangler presque à mort. Je ne parvins pas vraiment à le tuer ; je n'étais pas magicien. Il me restait un deuxième homme à gérer.

Ne sachant pas où il se trouvait, j'aurais pu enlever mon bandeau. Mais où aurait été le plaisir là-dedans ? Ne m'appelaient-ils pas la Veuve Noire dans mon dos ? Comment pourraient-ils continuer si je ne nourrissais pas leur appétit ?

Quand je finis par entendre un souffle rapide, je bondis et me mis au travail. D'abord, je m'attaquai à ses jambes et entendis un os se briser. Grognements et gémissements suivirent. Cela lui apprendra à être si frêle. C'est le problème avec les jouets. Ils se cassent tellement facilement.

« Je sais, père, c'est ça que nous ne pouvons pas avoir de belles choses. »

En réalité, mon père ne m'avait jamais dit ça. Mais j'aime faire semblant. Dans une autre vie, j'avais un père qui mettait sa veste de smoking en rentrant à la maison et allumait sa pipe. L'économie, blablabla.

« J'ai marqué un but décisif aujourd'hui, père.
— Ah oui ? Eh bien, laisse-moi te serrer la main. Tes camarades de classe doivent être tellement envieux de toi.
— Ah, ça oui, père. Vers de jalousie, imaginai-je en entendant un autre os se briser.

« — Kuroi ! intervint une autre voix familière, me tirant de mes pensées. Kuroi ! »

Retirant mon pouce de l'orbite de l'homme, je me tournai vers la voix et me mis debout.

« Pourquoi fais-tu ça ?

— Parce qu'il me faut bien m'amuser un peu, répondis-je en soulevant mon bandeau pour voir Yuki se tenir devant moi. L'homme ne peut pas vivre de pain seulement, sœur. »

En voyant son petit frère nu, Yuki détourna les yeux.

« Y a-t-il quelque chose ici que tu n'aurais jamais vu avant ? demandai-je en ricanant.

— S'il te plaît, Kuroi, habille-toi, dit-elle en me tendant des vêtements.

— Tu es tellement prude, dis-je à la femme qui n'avait probablement jamais vu une bite qui n'était pas rattachée à l'un de ses frères.

—Tu ne peux pas continuer à déshonorer père comme ça, affirma-t-elle comme si elle énonçait une évidence.

— Pourquoi pas ? Père n'a aucun problème à me déshonorer.

— Tu mérites mieux, Kuroi.

— On n'a que ce qu'on mérite.

— Tu ne méritais rien de tout ça.

— Yuki, savais-tu que c'est ce qui arrive quand ta mère est une putain ?

— Ne dis pas ça.

—Eh bien, c'en était une, non ? La putain de notre père. Et c'est ce que les petits bâtards comme moi méritent. »

Le silence s'étira entre nous tandis que je m'habillais.

D'accord, je l'admettais. Je n'étais pas de bonne humeur. Il y avait une raison pour laquelle les hommes de mon père m'avaient trouvé là où j'étais. Je ne peux pas toujours être cet homme lumineux et radieux sans un peu de détende. Père avait interrompu mon moment de détente. Et donc, j'étais tendu.

Enfilant le costume en soie que Yuki m'avait tendu, je passai ma main dans ma chevelure indisciplinée et sortis du bureau de mon père, aussi grand qu'un musée. Après avoir traversé le couloir avec ma sœur obéissante à mes côtés, j'arrivai à ma chambre et m'avançai vers le miroir.

Mon reflet me rendait malade. Toutes sœurs étaient de belles poupées en porcelaine. Et même mes frères. J'étais une céramique brûlée. Au lieu de reposer, soumis et parfaite, comme chez les vrais Japonais, mes cheveux étaient une brosse métallique perchée sur ma tête.

Cachant à peine mon dégoût, je détournai mon attention en voyant Yuki me regarder à travers le miroir. « Eh bien, tu n'as pas peur ? demandai-je sans réussir à détourner son regard de moi.

— J'ai quelque chose à te dire. »

Me retournant vers le miroir, je plongeai mes doigts dans

mes boucles pour les démêler.

« Je t'écoute.

— Père envisage de te marier. »

Comme si elle m'avait étranglé, le sang quitta mon visage.

« Je l'ai supplié de ne pas le faire. »

Mon esprit tourbillonnait. Que se passait-il ? Marié ? Moi ?

« S'il attend de moi que je lui donne un héritier… commençai-je en luttant pour rester debout.

— Ce n'est pas ce genre de mariage, dit Yuki en baissant la tête.

— D'accord. Et quel genre de mariage est-ce ?

— C'est avec le chef de la famille Ricci. »

En songeant à l'homme qu'elle nommait, je faillis rire. Il n'avait pas la réputation brutale de son père, mais ce n'était pas bien mieux.

« Alors, je vais encore être la pute de notre père. Tel mère, tel fils.

— Ce ne sera pas si mal. Et je suis sûre que cela ne durera pas longtemps.

— Tu veux dire parce que je vais le tuer ? » demandai-je en sentant la Veuve Noire s'emparer de moi pour la fixer.

Yuki ne répondit pas. Que pouvait-elle dire ?

« Et quand cela est-il censé avoir lieu ? repris-je

— Ce soir.

— Ce soir ? répétai-je en toussant sous le choc. Il veut vraiment que cet homme meure, hein ? »

Les yeux de Yuki rencontrèrent le sol. Je ris. Mon père me mariait à un hétéro. Pourquoi mon futur mari accepterait-il cela ? Savait-il au moins que j'étais un homme ?

Que se passerait-il quand il le découvrirait ? Et étais-je censé me passer de sexe jusqu'à ce que l'un de nous meure ? Si je satisfaisais mes besoins ailleurs, penserait-il qu'il peut me traiter comme ces hommes le font avec leurs épouses infidèles ?

Il s'appelait Dante, n'est-ce pas ? C'était certainement le plus séduisant de cette famille. Un corps sculpté, des yeux glacials, et des tatouages du cou aux poignets. Ça ne me dérangerait pas qu'il me traite comme sa femme d'une certaine manière. Je me demandais combien de temps il lui faudrait pour se rappeler que j'avais une bite.

Retirant ma veste, je me dirigeai vers le placard. « Que fais-tu ? »
Retrouvant ma bonne humeur, je me retournai vers elle. « C'est le jour de mon mariage, sœurette. Je me prépare. »

J'allais faire de cette journée un souvenir inoubliable.

Chapitre 3

Dante

Rien n'allait plus. Rien de tout ça n'était acceptable, putain. Ça faisait deux jours que Sato me faisait attendre pour une rencontre en face-à-face afin de régler cette merde de mariage, et ça ne me plaisait pas.

En plus du stress engendré par ce qu'avait fait Matteo, je n'avais pas envie de mourir. Peut-être que les rumeurs sur Kuroi étaient vraies. Peut-être qu'elles ne l'étaient pas. Mais si être marié à Kuroi ne me tuerait pas, épouser un homme, le ferait. Une putain de cible serait sur mon dos, surtout pour Pa.
Il ne pourrait pas supporter cette insulte à la famille. Et comment réagiraient les hommes auxquels j'exigeais du respect s'ils me voyaient avec un homme? La faiblesse était une chose qui tue dans mon business. Donc il était hors de question que ça n'arrive.

Le problème, c'était que ce fils-de-Yakuza refusait même de me parler. Ouais, il faisait semblant de ne pas parler anglais, alors que je savais qu'il comprenait

chaque putain de mot que je disais. Jouer les ignorants…
c'était comme ça qu'ils vous sous-estimaient. Eh bien,
devine quoi, enfoiré, je connais ce jeu moi aussi et je ne
vais pas marcher.

« Tout va bien, Dante ? demanda Lorenzo depuis
le siège passager. Tu es un peu rouge.

— Je vais bien, » lui répondis-je alors que je me sentais
tout sauf bien.

J'avais l'impression que mon visage était en feu
et que des insectes rampaient sous ma peau.
« T'es sûr que tes contacts n'ont rien qu'on puisse
utiliser pour cette rencontre ? demandai-je, espérant un
miracle pour m'en sortir.

— Non, rien. J'ai abordé cela sous tous les angles
auxquels je pouvais penser. Sato n'a de dettes envers
aucune famille de New York. Il n'y a pas de dockers sur
lesquels ils comptent pour leurs importations qu'on
pourrait serrer, et compte tenu de la structure de leur
complexe, l'extermination n'est pas une option. »

Je regardai Lorenzo. J'étais impressionné. Il avait
vraiment envisagé tous les angles. Si quelque chose
m'arrivait, il devrait être celui qui prendrait la relève.
Mais il ne pourrait jamais le faire. Diriger la famille
exige autant d'intimidation que de manigances en
coulisses. Lorenzo était un maître pour travailler dans
l'ombre. Peut-être même plus doué que moi. Mais c'était
là que ses compétences s'arrêtaient.
Pour être le chef de famille, il faut être dans les relations

humaines. Lorenzo n'était pas comme ça. Matteo, en revanche, incarnait les relations humaines. Mais Matteo était un marteau qui considérait tout et tout le monde comme un clou. Si j'avais pu combiner mes deux frères, ils auraient été meilleurs que je ne le serai jamais. Mais on est comme on est. Et avec ces deux-là, il fallait juste prendre ce qu'on pouvait avoir.

« C'est décevant, Lorenzo. Je comptais sur toi pour te surpasser.

— Je ne peux te donner que ce que j'ai trouvé. Inventer des merdes te ferait juste tuer.

— Dans cette situation, ce n'est pas la seule chose. »

En arrivant à la résidence de Sato, je fus saisi d'admiration. Il avait d'une manière ou d'une autre recréé le Japon dans le nord de l'État de New York. Ça ne marchait pas totalement. Franchement, le complexe de Sato ressemblait à ces châteaux américains des années 1920 avec les toits remplacés pour faire cette courbe japonaise.

Mais le jardin était incroyable. Il y avait des étangs et des arbres taillés qui ressemblaient à des queues de caniches. Devant, il y avait du sable traversé de lignes et un gros rocher qui en sortait. Il y avait même une de ces structures qui ressemblent à une écriture japonaise. Je ne voyais pas l'intérêt à part le côté esthétique. Mais tout racontait une histoire.

Celle-ci disait que Sato était un homme qui faisait tout pour faire semblant de ne pas être là où il était. Mon intuition me disait qu'il devait y avoir de la rage derrière son air impassible. Il fallait que je trouve une façon d'utiliser ça pour échapper à ce mariage. Mais comment ?

« Dante Ricci et sa famille. Nous sommes venus voir Sato, annonçai-je à l'interphone à l'entrée du portail.

— Garez-vous. La sécurité va vous rejoindre, » répondit quelqu'un avec un accent japonais.

Je me tournai vers Lorenzo.

« On y va.

— Tu es sûr qu'il ne vaudrait pas mieux régler ça discrètement ?

— Si ta question est : ne vaudrait-il pas mieux éliminer un homme disposant de l'une des meilleures sécurités de la ville, je n'ai aucun doute, dis-je, ce qui le rapprocha immédiatement de notre père.

— Réfléchis-y, répondit-il en se penchant pour voir mieux les lieux. On pourrait placer un sniper dans une de ces haies. Mais on n'est pas obligés de faire ça ici. Il y a des toits non gardés autour de son bureau. Avec un bon tireur, on pourrait résoudre ce problème en une seconde. »

Je regardai Lorenzo, sentant mon cœur battre fort. Aucun doute qu'il était le fils de notre père.

« N'y pense même pas, Lorenzo. Ou mieux, pense à ce qui se passera après. Tu crois que ses hommes au Japon ne pourraient pas relier son élimination à une proposition de mariage forcée ? Combien de temps cela prendra-t-il pour que les problèmes commencent ?

« Il y a de meilleures façons de gérer les choses, Lorenzo. Je te le dis, toi et Matteo êtes exactement pareils.

—Ne me compare pas à cette ordure.

— Hé, surveille ce que tu dis à propos de ton frère.

— Qu'est-ce que tu racontes ? Tu dis tout le temps ça.

— C'est parce que c'est moi qui dois réparer ses conneries. Quand ça sera ton boulot, alors tu pourras le dire. En attendant, c'est ton frère et tu l'aimes.

— OK, bon, » répondit Lorenzo en s'enfonçant dans son siège.

Ce n'était probablement pas une bonne idée de mettre en colère le seul soutien que j'aurais si les choses tournaient mal. Mais Matteo avait besoin d'avoir un maximum de gens possible de son côté. Je ne pouvais pas laisser Lorenzo l'abandonner comme ça.

Quand nous sortîmes de la voiture, quatre des hommes de Sato nous accueillirent. J'étais sûr que quelqu'un à l'intérieur pensait que ce serait une impressionnante démonstration de force. En vérité, si j'avais été déterminé, ces quatre-là ne m'auraient même pas ralenti.

« Armes ?

— On va pas te donner nos putains d'armes, répliqua Lorenzo.

— Lorenzo, donne-leur ta putain d'arme, ordonnai-je en

sortant la mienne. Nous entrons dans la maison de Sato. Nous devons lui montrer le respect qu'il mérite. »

Manifestement, Lorenzo était furieux contre moi. Vert de rage. Mais il s'en remettrait.

L'intérieur de la maison de Sato était aussi impressionnant que le jardin. Il n'avait pas pu faire grand-chose avec l'architecture années 1920, mais ça fonctionnait. Les poutres en bois massif qui traversent le plafond, le design minimaliste du dallage et des décors en bois… c'était comme si j'étais dans un autre monde.

« Par ici, s'il vous plaît, » dit le plus grand des hommes en m'invitant à passer sur un balcon surplombant des hectares de terre.

Il y avait déjà un homme là-bas. Pas Sato. Quelqu'un d'autre. Il se tenait humblement, vêtu de ce qui ressemblait à une robe de cérémonie japonaise, et il avait un livre à la main.

« Vous, là, dit le gars de la sécurité de Sato en m'indiquant d'aller me poster à côté de l'homme. Vous, là, » reprit-il en poussant Lorenzo sur le côté.

Lorenzo me regarda, comme pour me demander s'il devait s'exécuter. Je hochai la tête et m'approchai de celui que je croyais être l'interprète de Sato. Parce que, évidemment, Sato ne parlait pas anglais. Bon, peu importe.

On nous laissa environ une minute rester maladroitement avec cet homme avant que Sato arrive.

Étrangement, il ne me regarda pas. Son regard se fixa de l'autre côté du balcon, tout comme celui de Lorenzo.

Qu'est-ce qui se passait ? Je savais que la culture japonaise avait beaucoup de coutumes comme le fait de s'incliner et tout, et que toutes ces choses étaient importantes dans les affaires. Mais je n'en savais pas assez pour dire à quel point c'était bizarre.

Cela devint encore plus étrange quand la musique commença à résonner. Toute musique lors d'une négociation serait étrange. Mais ils passaient cette musique… Vous savez, celle qu'ils passent dans les moments de calme dans les films de samouraïs. Pourquoi maintenant ?

Quand quelqu'un d'autre entra sur le balcon, je commençai à comprendre ce qui se passait. Je ne savais pas qui c'était, mais cet enfoiré portait une robe de mariage japonaise. Je reconnaissais ça. Et ils portaient un bouquet.

« Oh, non. Sato, non, » protestai-je sans détourner les yeux de ma mariée.

Sato grogna quelque chose. C'était violent. Cet enfoiré venait sûrement de m'insulter en japonais. Mais pour qui il se prenait ?

J'étais sur le point de lui montrer ce que je pensais de cette farce en enfonçant mon poing dans sa gorge quand le bruit de pas de mon épouse attira mon attention. C'était le bruit du bois sur le bois.

En la fixant à nouveau, je sentis quelque chose s'agiter en moi. Qui était-ce ? J'aurais dû pouvoir le deviner en la regardant. Mais sa robe, ou son kimono, ou peu importe comment on appelle ça, prenait pratiquement la moitié de la pièce. En plus, son visage n'était pas très visible. Elle ne portait pas de voile, mais un curieux chapeau qui lui couvrait les cheveux, et un maquillage très blanc.

Était-ce Yuki ? Sato avait-il fini par comprendre et décider de me donner ma femme idéale? Alors que mon épouse s'approchait lentement, je la regardai de plus près. Je ne pouvais pas en être sûr, mais on aurait bien dit que c'était elle. Elle était vraiment belle. Le kimono qu'elle portait était brodé d'images dorées et bleues de l'ancien Japon. Il y avait beaucoup d'oiseaux. Ou peut-être étaient-ce des grues ?

Quoi qu'ils soient, ce furent les yeux de mon épouse qui retinrent le plus mon attention. Ils me fixaient sans hésitation. Ils étaient féroces et sauvages, et en les contemplant, je sentis quelque chose se passer en moi. Ils me donnaient envie de détruire cet endroit. Mais pas pour m'en éloigner. J'étais prêt à détruire le monde pour les rendre miens.

Quand ma mariée arriva devant moi et l'homme, je finis par comprendre qui était ce dernier. Ce n'était pas l'interprète de Sato. C'était un prêtre.

C'était donc ça. Il n'y aurait jamais de véritable accord. Sato m'avait attiré ici pour me piéger. Et quand le prêtre commença à parler en japonais, je compris que si je ne faisais rien pour arrêter cela, dans une minute, j'allais être marié.

Mais à qui ? Yuki ? Ça ne pouvait pas être elle. Pas avec ces yeux-là. Ces putains d'yeux. J'avais bandé rien qu'en les regardant. Qu'est-ce qui se passait ?

Les yeux toujours intensément fixés sur moi, mon épouse acquiesça. Pourquoi ? Que venait-il de se passer ?

« Hai, » dit ma mariée.

Oh merde. Est-ce… ?

Le prêtre tourna son visage vers moi. Il dit quelque chose que je ne compris pas. Il aurait pu me demander mon rein gauche, pour autant que je savais. Et quand il cessa de parler, les choses devinrent incroyablement dingues.

« Je crois que tu es en train de te marier, mec, m'informa l'ingénieux Lorenzo.

— Ah ouais ? répliquai-je, paniqué.

— Qu'est-ce que tu veux faire ? me demanda-t-il. On peut se tirer d'ici. Tu n'as qu'à le dire.

— Juste une seconde, » répondis-je, mon cœur battant fort.

Je devrais me tirer d'ici, non ? C'était de la merde. Je n'avais pas à accepter ça.

Mais d'un autre côté, il y avait ces putains d'yeux. Ils me faisaient quelque chose. J'avais envie d'arracher ce putain de kimono et la dévorer. La ? Le ?

Kuroi était un homme. Je l'avais déjà vu. Peau brune. Mains délicates. Et… oh merde, ces putains d'yeux. J'étais plongé dans les yeux de Kuroi.

Avant même de m'en rendre compte, je le dis. Je ne me souviens même pas de l'avoir fait. Je sais juste que je l'ai fait.

Était-ce Hai ou Hi ? En tout cas, ça voulait dire « je le veux ».

L'avais-je fait ? Oui, je l'avais fait. Je venais de me marier à Kuroi Sato, la putain de Veuve Noire. Mais qu'est-ce que j'avais fait ?

Au bout d'un temps, Yuki entra. Il n'y avait pas de confusion possible entre les deux. La tête baissée, elle avança d'un pas mal assuré avec un plateau de shots. Deux shots. Drôle de moment pour ça. Mais après ce que je venais de faire, j'avais vraiment besoin de ça pour me remettre.

Quand Yuki s'approcha, le prêtre nous fit signe de prendre un verre. Je m'exécutai. Et la personne devant moi aussi. Le prêtre nous fit signe de boire. Kuroi me regardait dans les yeux en attendant. Était-ce terminé ? Était-ce le dernier « je le veux » ? Si je ne le faisais pas, pourrais-je encore repartir ?

Je levai le verre. Et le regard plongé dans ces yeux envoûtants, je le portai à mes lèvres. Dans un geste identique, Kuroi pencha la tête en arrière. L'alcool sucré glissa dans ma gorge.

« Hai, » dit Sato, et comme s'il en avait vu suffisamment, il se retourna pour partir.

Voilà. Je l'avais fait. J'étais marié. Qu'avais-je fait ?

En regardant mon épouse, je sentis mon esprit s'agiter. Qu'étais-je supposé faire à présent ? Je pouvais m'en sortir. J'en étais sûr. Et alors que mon cerveau commençait à élaborer une multitude de plans, mon épouse s'approcha pour m'embrasser.

Douceur, tendresse. C'étaient ses lèvres. Ses lèvres, pas les siennes. En une seconde, je sentis son cou dans ma main. Il était fin, étroit. J'appuyai mon pouce contre sa mâchoire. Et je la sentis s'ouvrir. Me perdant en lui, je sentis ma langue le pénétrer.

Vivant. Je me sentais vivant. Nos deux langues se rencontrèrent, elles se mirent à danser. C'était si torride que j'en avais mal à la tête. Le genre de baiser dont on ne revenait pas. Rayonnant de désir.

Il était petit. Je pourrais l'écraser dans mes mains. Je pourrais le consommer. Je voulais chaque centimètre de lui, le posséder et le marquer comme mien. Mon cœur battant me le disait. Et quand je finis par le relâcher, quand je finis par m'écarter de lui, je me sentis totalement éveillé.

« Dante ? » dit Lorenzo, me ramenant à la réalité. Oh putain ! Qu'est-ce que j'avais fait ?

Une vague de chaleur m'envahit. C'était
éreintant. Je ne n'aurais pas dû être ici. Je n'aurais pas dû
faire ça. Pas là. Pas devant tout le monde.

Ils ne pouvaient pas me voir comme ça. Personne
ne le pouvait. Je devais partir d'ici. Et après m'être
tourné pour rencontrer les yeux choqués de mon frère,
c'est ce que je fis.

Traversant le balcon et la maison, je courus vers
ma voiture.

« Dante ? » cria Lorenzo derrière moi.

Je ne pouvais pas lui faire face. Pas tout de suite.
J'avais juste besoin de m'éloigner.

Attrapant mes clés, je sautai dans ma voiture. Écrasant
l'accélérateur, je m'éloignai. S'ils n'avaient pas ouvert le
portail, je les aurais défoncés. Ce ne fut pas nécessaire.
Un défilé d'arbres bordait l'allée. Je baissai la fenêtre
pour prendre l'air.

Je ne pouvais pas respirer. Pourquoi ne pouvais-
je pas respirer ? Me tortillant dans le siège, j'avais du
mal à appréhender la réalité. J'étais Dante Ricci. J'étais
le chef de la famille Ricci. Je n'embrassais pas des
hommes. Je ne…

C'est à ce moment-là que je le sentis. Une piqûre
au cou. M'avait-on tiré dessus ?

Je touchai l'endroit, regardai ma main. Y avait-il
du sang dessus ? Je ne pouvais pas dire. Il me devenait
difficile de voir. En regardant de nouveau à travers le
pare-brise, je réalisai à quelle vitesse j'allais.

« Oh putain ! » m'exclamai-je avant de m'évanouir et d'entendre un crash.

Chapitre 4

Dante

Que s'est-il passé ? me demandai-je alors que
mon esprit émergeait du brouillard du néant. Où étais-
je ? La dernière chose dont je me souvenais, c'était d'un
mariage. Non, attendez, j'étais dans une voiture. Je
partais d'un mariage. Non, je partais de mon mariage.

Merde ! C'était ça. J'étais allé chez Sato pour
négocier l'annulation de ce mariage avec son fils, et
j'avais fini par l'épouser sur-le-champ. Puis il m'avait
embrassé, j'avais couru, j'avais senti une sorte de piqûre
sur ma nuque et ensuite tout s'était assombri.

Il me semblait que j'avais eu un accident de
voiture. Est-ce que j'étais toujours dans ma voiture ?

En me forçant à ouvrir les yeux, je ne vis aucune
trace de ma BMW. J'étais allongé dans une pièce
blanche. Alors que ma vision s'éclaircissait, je vis un
moniteur de pouls et un écran fixé au plafond. J'étais
dans une chambre d'hôpital et je me sentais comme de la
merde.

En regardant autour de moi, je ne trouvai qu'une seule personne. Lorenzo. Il était occupé avec son téléphone, mais le bruit de mes mouvements attira son attention.

« Dante, tu es réveillé. Dieu merci ! » dit-il en se précipitant à mes côtés.

J'ouvris la bouche pour lui demander ce qui se passait mais aucun son ne sortit.

« Détends-toi. Je vais chercher le médecin. J'ai vraiment eu peur pour toi, » dit-il avec un sourire avant de quitter précipitamment la pièce.

Il avait eu peur pour moi ? Pourquoi ça ? Est-ce que d'autres choses s'étaient passées après que quelqu'un m'avait tiré dessus ?

Je devais me rétablir et vite. Je n'allais peut-être pas guérir tout de suite, mais je devais au moins pouvoir parler. Pour voir si je pouvais lever la main, je la posai sur ma poitrine.

Je me sentais drogué. Peut-être m'avaient-ils administré un antidouleur ? Cela signifiait qu'il me faudrait jusqu'à cinq heures avant de pouvoir me remettre sur pied. Après cela, je pourrais sortir d'ici et découvrir qui m'avait tiré dessus.

Je touchais mon corps pour sentir où la balle m'avait touché lorsque la porte se rouvrit et qu'un médecin entra. Elle était beaucoup plus jeune que ce que j'étais habitué de voir chez mes médecins. Et elle n'était clairement pas de notre famille. Peut-être que c'était une bonne chose.

« Non, ne faites pas ça », insista-t-elle, tendant la main pour arrêter mon geste.

Ignorant tout de la situation, j'abaissai la main et essayai à nouveau de parler.

« Que s'est-il passé ? demandai-je, ma voix rauque comme un désert.

— Vous devez avoir soif. »

La petite dame indienne se tourna vers mon frère.

« Pourriez-vous demander à une des infirmières d'apporter quelque chose à boire à M. Ricci ?

— Bien sûr.

— Et, pourriez-vous nous laisser un instant une fois que vous l'aurez fait ? » demanda-t-elle, ce qui me valut un regard intrigué de la part de Lorenzo.

Je lui fis un signe de tête et Lorenzo accepta. Je songeai que, quoi que le docteur sache, il valait mieux le garder entre nous, au moins jusqu'à ce que j'aie eu le temps d'éliminer quelques assassins potentiels.

Une fois mon frère parti, le médecin s'approcha de mon lit. Elle avait des yeux doux et il y avait quelque chose en elle qui m'inspirait confiance.

« Je suis le Dr Rohit. Vous êtes au centre hospitalier Garrison parce que vous avez eu un accident de voiture, expliqua-t-elle.

— J'ai heurté quelque chose, dis-je alors que mes souvenirs ressurgissaient. Était-ce un arbre ?

— En effet.

— Quelqu'un m'a tiré dessus et j'ai perdu connaissance. »

Elle me regarda, l'air surpris. « Pardon ?

— Quelqu'un m'a tiré dessus. Ils m'ont touché à la nuque. Ça m'a fait perdre le contrôle. »

L'air toujours aussi désorienté, le médecin m'attrapa doucement le menton et tourna ma tête sur le côté. Comme elle n'avait apparemment rien trouvé, elle inclina mon menton pour examiner l'autre.

« Pourquoi pensez-vous avoir été touché au cou ? demanda-t-elle, les sourcils froncés.

— Parce que je l'ai senti. C'était juste ici, » répondis-je en touchant l'endroit.

À ma grande surprise, non seulement je ne ressentais aucune douleur, mais il n'y avait rien à cet endroit-là. Pas de blessure, pas de bandage, rien.

« Je ne comprends pas. Je l'ai senti.

— D'après ce que mes confrères ont pu voir, vous n'avez subi aucune blessure en surface. Vous aurez probablement un bleu à cause de la ceinture de sécurité, et vous pourriez ressentir un peu de confusion à cause de l'impact avec l'airbag. Mais, miraculeusement, à part ça, vous allez bien.

— Je vais bien ? répétai-je, perplexe. Alors pourquoi ai-je perdu connaissance ? »

Le médecin glissa ses mains dans ses poches et se détendit.

« Eh bien, c'est pour cette raison que j'ai demandé à vous parler seule.

— D'accord, fis-je en me préparant au pire.

— Je sais à quel point l'image peut être importante dans votre monde…

— De quel monde parlez-vous ? l'interrompis-je.

— Je ne saurais dire, dit-elle, l'air moins assuré. Mais, j'ai pensé que vous préféreriez que nous soyons seuls quand je vous annoncerais que vous avez eu un accident de voiture après avoir perdu connaissance à cause d'une attaque de panique. »

De toutes les choses qu'elle aurait pu dire, attaque de panique ne figurait nulle part sur la liste. Je pris le temps d'assimiler ses propos.

« Impossible. Quelle autre possibilité avez-vous ?

— Je crains que ce ne soit pas une situation à choix multiples.

— Non. Ça ne peut pas être ça. Je n'ai pas d'attaques de panique.

— Avez-vous été soumis à un stress accru récemment ? »

Avais-je été soumis à un stress accru ? Voyons… Mon abruti de frère avait tué un homme des Yakuza, j'attendais que mon père agisse pour me m'éliminer de la direction de la famille et on m'avait forcé à épouser un homme qui avait tué tous ses anciens amants.

« Pas plus que d'habitude, répondis-je en mentant au médecin.

— Néanmoins, tous vos symptômes pointent vers une attaque de panique aiguë qui vous a donné des vertiges et vous a fait brièvement perdre connaissance, ce qui vous a amené à percuter un arbre. Quelque chose de stressant s'est-il passé juste avant l'accident ? »

Voyons voir, l'homme que j'ai épousé m'a embrassé devant mon frère et l'un de mes plus grands rivaux, et c'était si bon que ma tête a failli exploser.

« Pas que je sache, dis-je au médecin.

— Je vois, fit-elle d'un air pensif. Eh bien, nous allons continuer les examens. Mais jusqu'à ce que nous recevions des résultats contradictoires, je vous recommanderais de réduire vos niveaux de stress. Pouvez-vous prendre un peu de temps pour en-dehors de votre travail ? Est-ce possible en ce moment?

— Ce n'est absolument pas possible. Et il n'est pas non plus possible que j'ai eu une attaque de panique. J'espère que vous n'avez écrit ça nulle part dans vos dossiers, dis-je aussi menaçant que je le souhaitais.

— Vous avez été amené ici par un représentant de la famille Sato. Et je peux vous assurer que nous vous accorderons la même confidentialité et discrétion que celles que nous leur montrons. »

Ah ! Maintenant je comprenais. C'était le médecin de Sato et elle lui dirait tout ce qu'il lui demanderait.

« Je vois, dis-je, mon esprit commençant enfin à s'activer. Mais imaginons que je n'ai pas eu d'attaque de panique. Qu'est-ce que ça pourrait être d'autre ?

— Que voulez-vous dire ? »

Je pensai à Kuroi.

« Il y a des antécédents d'hommes dans ma situation ayant des crises cardiaques. Pourrais-je avoir eu quelque chose comme ça ? »

Le médecin me lança à nouveau ce regard désorienté. Pourquoi faisait-elle ça ?

« Oui, c'est une possibilité. Mais habituellement un homme de votre âge et condition physique a peu de chances de faire un infarctus du myocarde. Et nous avons testé les marqueurs d'un tel événement : ils étaient tous négatifs.

— Mais ça pourrait être une crise cardiaque ? insistai-je.

— Les symptômes se présentèrent de manière similaire. Mais, comme je l'ai dit, la cause la plus probable reste une attaque de panique.

— Donc, soit j'ai eu une crise de panique, ce qui, si c'est vrai, me rendrait trop faible pour occuper un emploi aussi stressant que le mien. Soit j'ai eu une crise cardiaque dans des circonstances très suspectes. C'est bien ça, Doc ?

— Les attaques de panique sont très contrôlables avec les bons changements de mode de vie et techniques de régulation, répondit-elle, éludant ma question.

— Je vois. Dites-moi, Docteur, est-il également possible que j'aie été touché par quelque chose. Pas une balle, mais peut-être une fléchette ou autre ? Parce que j'ai définitivement senti quelque chose me frapper dans le cou. Est-ce qu'une sensation de piqûre au cou fait aussi partie des symptômes de ce que vous appelez une attaque de panique ?

— Pas habituellement. Mais…

— Donc, il est possible que quelque chose m'ait aussi touché au cou.

— Monsieur Ricci, je sais d'expérience que la cause la plus probable est généralement la bonne.

— Répondez juste à ma question. Est-ce qu'une sensation de piqûre au cou est aussi un symptôme d'attaque de panique ?

— Non, Monsieur Ricci, dit-elle, levant les mains en signe de reddition.

— Est-ce que tout ce qui serait lié à une sensation de piqûre au cou pourrait mener à une crise cardiaque qui n'a pas les marqueurs que vous recherchiez ? Vous savez, comment les avez-vous appelés ? »

Le Dr Rohit hésita.

« Comme je vous l'ai dit, la cause la plus probable est généralement la bonne…

— Doc… protestai-je, ne voulant pas me disputer avec elle.

— Cependant, oui. Une piqûre au cou pourrait être à la fois la cause d'une crise cardiaque et un symptôme en fonction de la cause.

— Et qu'est-ce qui pourrait provoquer quelque chose comme ça ? »

La Doc secoua la tête, manifestement réticente à répondre.

« Un poison. Mais, Monsieur Ricci, et je ne saurais trop mettre l'accent là-dessus, il n'y a eu aucune preuve de cela et la cause la plus probable…

— Est une attaque de panique. J'ai compris. Quand pourrai-je sortir d'ici ?

— Si ce que vous avez eu est bien une attaque de panique, nous pouvons vous libérer dès que vous vous sentirez suffisamment fort pour vous lever. S'il s'agissait d'une crise cardiaque, nous devrions vous garder ici un peu plus longtemps pour faire quelques examens supplémentaires. »

Je regardai le doc et ris.

« Je vois. Que diriez-vous que je parte dès que je me sentirai prêt ? Nous choisirons cette option, dis-je sans lui laisser le choix.

— Comme vous le souhaitez, » répondit-elle avec un regard qui disait : « Vous avez eu une attaque de panique ».

Très bien. Peu importe ce qu'elle devait croire pour me permettre de sortir d'ici.

« Pourriez-vous dire à mon frère de revenir, dis-je, lassé d'elle.

— Tout de suite, répondit-elle poliment avant de sortir.

— Quel est le verdict ? demanda Lorenzo aussitôt entré.

— Je pense que j'ai été empoisonné.

— Par Kuroi ? Mais comment ? Le baiser !

— Le baiser, conclus-je, ne prêtant aucun crédit à ce que le médecin avait suggéré.

— Il t'a empoisonné en t'embrassant, dit Lorenzo en riant. Eh bien, cela expliquerait la tête que tu faisais après que ça s'est passé.

— Qu'est-ce que tu veux dire ?

— On aurait dit que tu étais shooté. Comme si tu ne savais même plus où tu étais. Et tout à coup, tu es parti en courant.

— Ouais, c'est sûrement ce qui s'est passé, » dis-je en me remémorant lentement le baiser.

Était-ce ce qui s'était passé ? Les choses me revenaient, et la tête que j'avais dû faire n'était pas due à une drogue. Je n'embrasse pas d'hommes. Du moins pas devant des gens qui me connaissent. Et faire ce que j'avais fait comme je l'avais fait, et avec lui…

Qu'est-ce qui était si spécial chez Kuroi ? Était-ce ses lèvres ? Ses yeux ? Ah oui, la façon dont il me regardait. C'était comme s'il s'infiltrait en moi et devenait la pièce manquante du puzzle de ma vie.

Mais, si j'avais été empoisonné, cela s'était-il fait par le biais de son baiser ? Était-ce ainsi qu'il tuait tous ses amants ? Le baiser de la mort ? N'était-ce pas quelques minutes après que j'avais perdu connaissance ?

« Qu'est-ce que tu vas faire à ce sujet ? Lorenzo demanda me ramenant à la réalité. Et, savais-tu que Sato prévoyait de faire ça ? Vous marier là, comme ça ? C'était un truc de fou !

— Si j'avais su ce qu'il comptait faire, tu penses que je serais allé là-bas comme ça ?

— Je ne sais pas. Sur le moment, tu avais l'air plutôt à l'aise, dit Lorenzo sur le ton de la plaisanterie.

— Absolument pas ! C'est un vrai coup tordu qu'il nous a fait.

— Alors, je ne comprends pas. Pourquoi tu l'as fait ? Pourquoi n'as-tu pas juste arrêté tout ça ? »

Bonne question. Pourquoi n'avais-je pas mis un terme à la situation ? C'est là que je me souvins du regard de Kuroi.

« Je l'ai fait parce que notre famille en avait besoin », mentis-je.

Lorenzo prit un air admiratif.

« Tu es un homme plus grand que moi, Dante, dit mon petit frère avec un ricanement.

— N'oublie jamais ça, répondis-je en souriant.

— Alors, qu'est-ce que tu vas faire maintenant ? Tu ne peux pas, genre, vivre avec lui ou ce genre de truc, hein ? Il a déjà essayé de te tuer une fois. »

Encore une bonne question. Les arrangements de vie n'étaient pas quelque chose dont Sato et moi avions discuté. Quand j'avais pensé épouser Yuki, bien sûr que j'avais imaginé que nous vivrions ensemble. Cela aurait été l'un des avantages du mariage. Mais maintenant… merde.

Quel serait mon quotidien avec Kuroi ? S'il avait essayé de me tuer, le fait qu'il ait échoué signifiait qu'il essaierait encore. Combien de temps parviendrais-je à ne dormir que d'un œil ?

Et qu'est-ce qu'il lui avait pris de porter cette robe ? Ouais, il était foutrement sexy dedans. Mais si j'épousais un homme, ne devait-il pas agir comme un homme ? Je veux dire, coucher avec un homme, c'est une chose. Les gars ont des trucs que les femmes n'ont pas. Mais les hommes n'étaient-ils pas censés se comporter comme des hommes ?

Oui, mais il était tellement sexy dans cette robe. Le partenaire le plus sexy qui ait jamais existé. Déballer ce cadeau serait le point culminant de ma vie. J'étais excité rien qu'à y penser.

« C'est un mariage de convenance, dis-je à Lorenzo. Le but est de montrer que nos deux familles ne font qu'une. Vivre ensemble serait l'objectif.

— Ouah ! Mon grand frère vient d'épouser un homme, dit Lorenzo en riant.

— Ne va pas imaginer que ça m'empêchera de te botter le cul si je dois le faire, répliquai-je.

— Crois-moi, ça ne change rien. Si tu es prêt à faire ça, quelles autres folies serais-tu prêt à faire? Certes, l'homme que tu as épousé est probablement sur le point de te tuer dans ton sommeil avant que le coq chante. Mais tout de même.

— Ne t'inquiète pas pour moi. Je sais prendre soin de moio. Le jour où je laisserai un petit twink se mettre entre moi et ce que je veux n'est pas encore arrivé.

— Twink ? répéta Lorenzo, surpris.

— C'est comme ça qu'on appelle les gars comme Kuroi, non ? Enfin, c'est ce que j'ai entendu dire. »

Lorenzo me regarda avec suspicion. Merde ! J'étais marié à Kuroi depuis un jour et je dérapais déjà. Peut-être que vivre avec lui serait de trop. Je devais y repenser.

Le mariage était une chose. Dans les temps anciens, les rois épousaient leurs cousines. Mais cela ne voulait pas dire qu'ils vivaient ensemble.

Ouais, c'était ce que j'allais faire. Je l'avais déjà épousé. Je ne pouvais rien faire contre ça. Mais je ne vivrais jamais avec lui. Ni maintenant. Ni jamais.

Et si Sato me demandait pourquoi, je lui répondrais qu'il m'avait piégé. L'humiliation de ma famille n'irait pas plus loin que ça.

Voilà. Quoi qu'il arrive, Kuroi ne vivrait jamais chez moi. Jamais. C'était décidé.

Chapitre 5

Kuroi

Que devait porter un jeune homme le jour où il emménage dans la maison de son mari ? Tant d'options. En fouillant dans mon dressing, il m'était difficile de choisir.

« Voyons voir, dis-je en parcourant mes vêtements du bout des doigts. Stella McCartney, Victoria Beckham ? Armani serait un classique. »

Quand je finis par tomber dessus, je sus. Alexander McQueen. Chic et percutant. Un jeune homme devait faire impression dès son premier jour. Mon nouvel époux serait-il là ? On disait qu'il avait survécu à sa petite rencontre avec la faucheuse et prévoyait de rentrer chez lui.

Son nouvel époux devrait être là pour l'accueillir, n'est-ce pas ? Drapé dans du Alexander McQueen, je l'accueillerai à la porte, les bras ouverts.

« C'est décidé, Alexander McQueen. Emballez le reste », ordonnai-je aux hommes de mon père qui insistaient pour me voir partir.

Après avoir choisi des sous-vêtements noirs dans mon tiroir, je m'y glissai et m'habillai en McQueen. En grande diva, je me fis un Douyin makeup. Et pour parfaire le look, je choisis une sélection de plumes pour mes cheveux. En me regardant dans le miroir, j'aurais voulu qu'il me voie. Ce look était juste parfait.

Combien de nuits pourrions-nous partager avant qu'il ne meure ? Il avait failli ne pas survivre à notre mariage. Cela aurait été dommage, vu notre baiser.

Et laissez-moi vous dire, ce baiser… J'avais glissé ma langue dans la gorge de beaucoup d'hommes hétéros. Aucun d'eux ne m'avait fait ressentir cela. C'était suffisant pour me donner de l'espoir.

N'était-ce pas ainsi que tous les mariages devraient commencer, pleins d'espoir et de promesses. J'étais une jeune épouse rougissante, après tout. Et lui, mon cher Dante, était mon grand méchant mari.

Me rappelant le baiser encore une fois, je me perdis à nouveau dans le souvenir. Comment avait-il fait pour me faire ressentir cela ? Je l'avais embrassé pour le déstabiliser, pour le prendre par surprise. Et c'était moi qui avais ressenti quelque chose.

Pouvez-vous imaginer que j'ai pu ressentir quelque chose ? Les sentiments n'étaient-ils pas devenus démodés dans les années 80 ? Mais le rétro chic était à la mode…

Avec une valise contenant mes indispensables, on me fit monter dans l'hélicoptère de mon père pour m'amener en ville. Où habitait mon mari, me demandais-je ? Atterrissant sur l'héliport d'un toit, je fus ravi de constater que c'était au cœur de la ville. J'aurais détesté devoir traverser toute la ville pour m'adonner à mes activités habituelles.

Mais maintenant que j'étais marié, ma vie allait peut-être changer. Ferais-je encore la fermeture des clubs branchés de Manhattan si j'avais des devoirs conjugaux à accomplir ? Peut-être que je lui préparerais le dîner chaque soir, me perdant dans les délices du mariage. Ce serait lui et moi, ensemble pour conquérir le monde.

Mon fantasme se termina quand j'arrivai à son immeuble, comme sorti d'un podium, et que l'homme à l'accueil tenta de m'empêcher de prendre l'ascenseur. Songeai-je à lui trancher la gorge alors qu'il déblatérait sur le fait que je n'étais pas sur la liste ? Bien sûr. Pourquoi n'y aurais-je pas songé ? Eh bien, merci, Alexander McQueen !

Mais les hommes de mon père finirent par lui briser quelques doigts pour lui prendre sa clé et me faire monter. L'ascenseur s'ouvrit sur son appartement. En regardant la décoration étonnamment de bon goût, l'espace ouvert, et la vue sur Central Park depuis les portes coulissantes de verre, je me dis que ce n'était pas mal du tout.

« Cela conviendra, » dis-je avant d'ordonner aux hommes de déposer mes affaires dans le salon et de partir.

Une fois seul, je regardai à nouveau les lieux. Immédiatement, je vis comment quelqu'un pourrait être jeté du balcon, désossé avec les couteaux de la cuisine, et étouffé par l'une des coussins étonnamment nombreux.

Pour les sorties, il n'y avait qu'une issue, l'ascenseur. Les bâtiments comme celui-ci exigent un deuxième accès pour des raisons de sécurité incendie. Je devais découvrir où il était.

À présent, la question la plus importante : avait-il des caméras de sécurité ? Toute personne de moins de 70 ans dans sa situation en aurait eu. Mon père, malgré son attachement à son ancien pays, avait une caméra dans chaque pièce. Y compris dans ma chambre.

Quand je la démolissais, ses hommes remettaient tout en place. Cela m'agaçait jusqu'à ce que je découvre à quel point j'appréciais faire le show. Et le mieux, c'est que je ne savais pas qui regardait ni même si quelqu'un regardait. Quand je voyais quelqu'un réagir différemment après une performance particulièrement énergique, j'attendais qu'il soit seul et je le marquais.

Rien de dramatique. Je lui faisais juste une petite entaille verticale sous l'œil gauche. Au bout de quelques mois, la plupart des gens ne remarqueraient presque plus la cicatrice. Mais ils savaient qu'elle était là et ne l'oubliaient jamais. Ils ne se mêlaient plus de mes caprices après ça.

Alors, mon mari avait-il des caméras disséminées un peu partout chez lui ? En faisant lentement le tour de l'espace, je devais le découvrir. Le salon crème était spacieux et luxueux, mais dépourvue de caméra. La cuisine était moderne et semblait étonnamment utilisée, mais toujours rien qui enregistrait.

Il y avait trois chambres à inspecter. Deux étaient inoccupées, des chambres d'invités avec des lits king-size, mais pas de caméra. Et enfin, sa chambre à coucher.

Un petit frisson parcourut mon corps alors que je marchais vers elle. À quoi ressemblerait la chambre d'un homme qui embrassait comme ça ? La réponse : elle sentait le sexe.

Il y avait un parfum dans l'air. Était-ce le sien ? Il m'avait transpercé, s'infiltrant au plus profond de moi. Une vague de chaleur me prit au cou et descendit en spirale jusqu'à ma queue. J'étais si dur que ça me faisait mal.

Mais surtout, il n'y avait pas de caméra dans l'appartement. Non seulement dans sa chambre, mais dans tout l'appartement. Il ne pouvait y avoir qu'une seule raison à cela. Mon mari faisait des choses ici qu'il ne voulait pas enregistrer. Et ce baiser…

Oh, j'allais le conquérir. Je déchirerais Tom Ford, m'emparerais de ce qui pendait et l'étoufferais dans ma gorge. Je deviendrais un de ses secrets. En regardant encore une fois l'espace, je sus qu'il n'y avait aucun doute, cela pourrait fonctionner très bien.

Au bruit d'une sonnerie qui attira mon attention vers l'ascenseur, je faillis étouffer. Il était là. Mon mari était arrivé. D'ordinaire, rien ne me rendait jamais nerveux, mais en l'entendant, je sentis mes jambes trembler. Telle une jeune vierge qui venait de se marier.

Cherchant la salle de bain, je m'y précipitai pour inspecter mon visage. Je voulais être parfait. Enfin, peut-être pas parfait, mais mon maquillage devait être impeccable. Ajustant les plis de mon costume, je me repris et me présentai à la porte de la chambre.

Je le vis avant qu'il ne me voie. Profitant du temps supplémentaire, je pris la pose dans l'encadrement de la porte. Ce serait sa première impression. La pose devait être dramatique. Elle l'était. Et quand il se retourna et que nos yeux se rencontrèrent, il se figea.

Ce fut comme le moment avant notre baiser. Je pouvais voir à travers lui. Il n'était que rage et feu sous volcan en fusion. À tout moment, il pouvait exploser. Ressentant sa fureur bouillonner à la surface, je pris une inspiration tremblante et…

« Pfff, » fit-il, se désintéressant de moi pour se diriger vers la cuisine.

Attendez ? Avait-il vraiment soupiré ? La colère, le désir, la folie existent et il… m'ignorait ?

Oh non ! songeai-je en sentant un crépitement dans ma tête.

« Bonjour, ta petite femme est à la maison ,» dis-je pour lui accorder une seconde chance.

Il me jeta un nouveau coup d'œil.

« Tout ce que je vois, c'est un garçon déguisé en femme. »

En un instant, je devins fou de rage.

« C'est du Alexander McQueen !

— Je ne sais pas qui c'est. Et attention à ce que tu touches avec tout ce maquillage. Ou alors il va te falloir apprendre à utiliser un nettoyeur à vapeur. »

C'est alors que mon esprit se mit à flotter vers un autre endroit. Je venais de réaliser que je n'avais pas correctement accessoirisé. J'avais pensé que prendre mes couteaux serait trop ostentatoire, étant donné la coupe ajustée de mon costume. Alors, traversant la pièce en courant avant que mon mari n'ouvre le réfrigérateur, j'empruntai un de ses couteaux sur le bloc.

Je voudrais pouvoir dire qu'il y eut une raison pour laquelle je choisis celui-ci, mais je n'étais plus celui qui avait le contrôle. La Veuve Noire avait pris le relais, et apparemment, elle n'éprouvait pas les mêmes sentiments que moi pour le nouvel homme de ma vie.

D'un coup rapide, elle planta le couteau de cuisine dans l'arrière de la cuisse de mon mari. Je ne m'attendais pas à l'entendre crier. Il devait savoir que ça allait arriver, non ? N'avait-il pas pratiquement imploré cela ?

Néanmoins, le coup sembla le réveiller. Mais je m'attendais à ce qu'il soit plus rapide. Avant qu'il ne se retourne, elle l'avait frappé de nouveau. Cette fois sur le côté. Elle avait un faible pour lui, car elle évita ses organes.

Ce ne fut qu'à ce moment-là que mon mari réagit. Il était étonnamment rapide pour un homme de son âge. Avec la lame toujours en lui, il attrapa mon cou en se retournant. Et après m'avoir obligé à me courber, il me jeta à travers la pièce. Mon mari était fort.

Mais si c'était son plan pour arrêter la Veuve Noire, il allait devoir trouver une autre idée. N'ayant plus le couteau, elle se ressaisit et bondit de nouveau. Se lançant dans les airs, elle atterrit sur son cou. S'accrochant à lui tandis qu'il tournoyait, elle desserra son emprise quand il la heurta contre le frigo.

Il était décidément fort. Et quand il le fit de nouveau avec deux fois plus de force, elle relâcha sa prise, ce qui lui permit de la saisir par la gorge, de la soulever au-dessus de sa tête, et de la lancer sur le canapé.

Alors que ses mains serraient son cou, je vis la vie revenir dans ses yeux. Il avait choisi la folie. C'était magnifique à voir. Un spectacle qui poussa la Veuve Noire à s'écarter et à me ramener.

Les mains de mon mari étaient puissantes. J'étais impuissant. Il pouvait me tuer d'un simple mouvement de poignet. Le ferait-il ? Alors que les ténèbres engloutissaient ma vue, je n'en étais pas certain.

Quand je repris connaissance, les choses étaient beaucoup plus calmes. Mon mari n'était plus en train de m'étrangler et je n'étais plus en train d'essayer de le tuer. J'essayais désespérément de reprendre mon souffle alors qu'il appuyait sur ses morsures d'araignée.

« As-tu besoin d'aide ? demandai-je, retrouvant ma voix.

— T'es folle, souffla-t-il en me regardant.

— Mais chéri, je suis ta folle, chantonnai-je.

— Quelle chance, fit-il ironiquement.

— Je crois que tu as ruiné mon maquillage, avouai-je, ne voulant pas me voir dans le miroir.

— Je crois que tu m'as poignardé dans le dos.

— C'était une caresse d'amour.

— Tu appelles ça de l'amour.

— Tu penses que je n'aurais pas trouvé une artère ? » demandai-je nonchalamment.

Mon mari s'arrêta, prenant un air plus sérieux.

« Je ne sais pas. Tu aurais pu ?

— Il y a six artères qui, si on les coupe, peuvent engendrer la mort. Dans le cou, la poitrine, le poignet, le bras, le bassin, et… ah oui, quatre pouces en bas de la morsure sur ta cuisse.

— Merde ! murmura-t-il.

— Comme je te l'ai dit, une caresse d'amour »,
murmurai-je avant qu'il gagne sa chambre et verrouille
la porte derrière lui.

Cela allait compliquer l'accomplissement de mes
devoirs d'époux lors de notre nuit de noces. On aurait dit
que nous avions eu « la discussion » pour rien.

Espérant qu'il envisageait juste ranger sa
chambre avant de m'y inviter, je me mis à l'aise sur le
canapé et attendais qu'il revienne. Je fixai sa porte toute
la nuit. Il ne sortit jamais. Toujours là, éveillé, alors que
le soleil se glissait entre les gratte-ciels, j'entendis
finalement sa porte s'entrouvrir.

Alors que je me redressais, j'étais sûr d'avoir l'air
négligé. J'aurais dû me laver. Je portais le maquillage de
la veille et un costume froissé. À quoi pensais-je ? Ce
n'était pas une manière de garder un homme.

Mettant de côté mon allure débraillée, je mis mes
mains sur mes genoux et tâchai de paraître élégant. Il ne
pouvait pas résister à ce gentleman. Et pourtant… si.
Sortant de sa chambre habillé, il me regarda à peine.
Quand il le fit en réponse à mon empressement, il leva
un doigt pour m'immobiliser.

Honnêtement, je ne savais pas comment réagir.
Le temps de décider, il entrait déjà dans l'ascenseur.

« Voulez-vous que je vous prépare un café ? »
demandai-je à une porte d'ascenseur qui se fermait.

La vérité, c'est que je n'avais aucune idée de
comment préparer du café. Le café était l'une de ces

choses qui apparaissait tout faite dans des tasses ou des mugs. Mais ça ne pouvait pas être si difficile à faire, non ?

En supposant que mon amour était parti pour la journée, je m'affaissai dans mon siège et me pris la tête entre les mains. En les sentant glisser, je me souvins de mon apparence. Je les examinai, elles étaient couvertes de fond de teint. Il fallait que je me lave.

Pour ça, j'envisageai de me rendre dans la salle de bains de Dante. J'y réfléchis à deux fois. Pas parce qu'il ne voulait pas que j'y sois. Tout simplement parce que je ne voulais pas la laisser en désordre. Alors, choisissant une des salles de bain des chambres d'amis, je rassemblai mes affaires.

Là, j'entrai dans la douche. Nu, je sentis la réalité de ma vie s'insinuer en moi. Et je n'aimais pas la façon dont elle se présentait. Heureusement, cette pensée ne resta pas longtemps dans mon esprit. Et en sortant de la douche sans m'habiller, je fis de nouveau le tour de ma nouvelle maison et finis en me glissant dans son lit.

C'était définitivement son parfum que je sentais. Et il était enivrant. Enroulant mes bras autour de son oreiller, je m'imaginais le serrer contre moi. J'avais besoin qu'il me touche. Je souhaitais sentir sa grande main attraper mon cul et le faire sien.

Allongé là, telle une chienne en chaleur, je ne voyais pas d'autre soulagement que le sommeil. J'étais resté éveillé toute la nuit en l'attendant qu'il vienne à moi. Il ne l'avait jamais fait. Il devait être puni pour ça. J'étais son époux, après tout. Ce n'est pas ainsi qu'on traite son époux.

Cependant, quand je me réveillai reposé, la vengeance n'était plus dans mon esprit. Était-ce June Cleaver qui disait qu'on attrape plus de mouches avec du miel ? Ou, disait-elle que le chemin vers le cœur d'un homme passait par son estomac ?

Quoi qu'il en soit, il me fallait adopter une autre approche. Je serais l'époux parfait. Portant un collier de perles et des talons hauts, je cuisinerais un gratin. Cela ne devait pas être si difficile, non ? Je n'aurais qu'à appeler le chef, lui dire ce que je voulais, et ce serait fait.

Plus pressant que le repas était la tenue que je devais porter. J'avais le collier parfait. Malheureusement, il était chez mon père. Et l'idée de quitter cet endroit pour le récupérer ne me plaisait pas.

Si je partais, pourrais-je y revenir ? Bien sûr que oui. J'étais l'époux de Dante, après tout. Quand je reviendrais, il serait heureux de me retrouver.

Pourtant, l'idée d'entrer dans l'ascenseur m'évoquait un voyage sans retour.

« Yuki, tu peux me rendre un service ? » demandai-je au téléphone.

Quand Yuki arriva, elle n'avait pas que mon collier.

« J'ai un cadeau pour toi, dit-elle avec son sourire délicat.

— Un cadeau de mariage ? » demandai-je en prenant la boîte.

Ce que je trouvai à l'intérieur me fit sourire. C'était de la haute couture et c'était très moi.

« Je l'adore ! m'exclamai-je.

— Comment s'est passée ta première nuit ? demanda-t-elle avec tristesse dans les yeux.

— En tant que marié ? Exactement comme je l'avais rêvé, » dis-je en continuant de fantasmer.

Assise à côté de moi, Yuki posa sa main sur ma cuisse.

« Kuroi, je suis désolée que Papa t'ait fait ça.

— Non, c'est bon. Je pense vraiment que ça pourrait être une bonne chose. »

Yuki planta son regard dans le mien.

« Sérieusement, Yuki. Les choses ont commencé un peu houleusement, mais il pourrait être le bon, » dis-je en essayant de regarder au-delà des évidences.

Yuki balaya lentement la pièce du regard. Toutes mes affaires se trouvaient encore dans le salon. La cuisine ressemblait à la scène d'une bagarre au couteau. Et il y avait des gouttelettes de sang sur le tapis.

Lorsque son regard revint sur moi, je baissai les yeux. Avec une élégance que je ne pouvais que prétendre avoir, Yuki redressa le dos et se tourna vers moi.

« Sais-tu pourquoi notre père t'a appelé Kuroi ? demanda-t-elle, comme pour verser de l'alcool sur une plaie ouverte.

— Je pense que tout le monde sait pourquoi, répondis-je en essayant une fois de plus d'effacer la noirceur de ma peau avec mon pouce.

— Ce n'est pas à cause de ta peau sombre, dit-elle, à ma grande surprise. C'était pour te marquer comme une tache sombre sur son honneur. Tu étais le prix qu'il a dû payer pour un moment de faiblesse. »

Je grimaçai en entendant ce que je n'avais jamais voulu entendre.

« Il a tout sacrifié pour te garder. Certains lui avaient conseillé de te jeter à la mer. Même nos frères le lui avaient dit. Mais il ne l'a pas fait. Il t'a gardé. Et il savait que pour survivre, tu devais apprendre à trouver ta place.

« Mais tu étais têtu. Comme un bambou, tu ne voulais pas plier. C'est pourquoi il a fait de toi un kagema. Pour te montrer ta place. Pour t'aider. »

Les mots de Yuki me traversèrent comme un couteau, me laissant à vif.

« Que veux-tu que je fasse ? demandai-je, retrouvant la peau de l'adolescent de 14 ans qui avait été arraché à son foyer.

— Pour pousser dans le champ, le bambou doit plier.

— Tu dis que je devrais me soumettre ? À qui ? Mon mari ? Notre père ?

— Tu dois plier, » répéta ma sœur soumise.

Avait-elle raison ? Dans notre monde, elle avait incontestablement prospéré. Avec sa douceur et ses paroles apaisées, elle était devenue la préférée de notre père. Il n'y avait rien qu'il ne ferait pas pour elle. Notre père lui mangeait dans la main.

Y avait-il du pouvoir dans la soumission ? Pourrais-je avoir ce pouvoir ? Est-ce que ce pouvoir me donnerait Dante ? En tant que quoi ? Amant ? Amour ? Quelqu'un pourrait-il aimer une tache sombre comme moi ?

Les mots entre Yuki et moi n'étaient plus nécessaires. Le silence nous envahit. Au lieu de me disputer avec elle, j'essayai quelque chose de nouveau. Je pliai. Surtout pour l'aider à ranger le désordre de la bagarre au couteau entre mon mari et moi. Ce n'était pas si mal.

Pourrais-je me soumettre autant que ma sœur ? Probablement pas. Yuki en avait fait un art. En tout, elle était une Japonaise parfaite. Et moi, qu'étais-je ?

Peu importe. Ce n'était pas ce que j'étais. C'était ce que je pouvais devenir. Je deviendrais comme ma sœur.

Je baisserais les yeux quand les hommes parleraient. Je m'inclinerais devant mes aînés. Et je serais l'époux parfait pour un homme comme Dante Ricci, mon mari et supérieur.

Chapitre 6

Dante

Transformer l'entreprise familiale en un ensemble de sociétés légitimes avait eu ses avantages. L'un d'eux était que je pouvais aller au bureau. Ce qui était particulièrement appréciable en ce moment, car cela m'éloignait du fou avec qui je m'étais marié.

Ne vous y méprenez pas : voir Kuroi dans ce costume avec son maquillage avait été presque plus que je ne pouvais supporter. Il m'avait fallu tout ce que j'avais pour ne pas traverser la pièce et le baiser jusqu'à ce que je ne voie plus clair. Cet homme avait une manière de me faire ressentir des choses que je savais que je ne devais pas ressentir.

Mais il m'était difficile d'imaginer notre vie ensemble alors que je sentais encore la brûlure de ses coups de couteau. Je devais lui reconnaître ça, cet homme est rapide. Je ne pouvais pas me contenter de le retenir pour l'écarter. Il m'avait vraiment donné du fil à retordre. J'avais vraiment dû me battre pour l'empêcher de me tuer.

Mais le plus fou, c'est que je ne pensais même pas qu'il avait essayé de me tuer. Il avait raison, il y avait plusieurs artères qu'il aurait pu viser s'il avait voulu en finir avec moi. Je ne comprenais plus rien, car s'il avait essayé de me tuer avec un baiser empoisonné à notre mariage, pourquoi aurait-il manqué délibérément le coup fatal quand il avait de nouveau eu l'occasion de le porter ?

Ça n'avait aucun sens. Mais rien ne faisait sens chez ce foutu cinglé. Une chose était sûre, cependant, je ne pouvais pas lui tourner le dos. Et il me fallait aussi rendre visite aux hommes de Sato pour ce qu'ils avaient fait à Franko, l'employé de mon immeuble. Cet homme avait une famille et avait besoin de gagner sa vie.

Il ne pouvait pas venir travailler chaque jour en craignant que faire son travail lui coûte ses doigts. Maintenant, non seulement je devais payer ses frais d'hôpital et son congé maladie pour qu'il revienne, mais ses étrennes allaient être aussi élevées qu'une petite voiture. Bon sang, combien allait me coûter d'être marié à Kuroi ?

« J'ai entendu dire que les hommes de Sato ont attaqué ton portier hier soir, » dit Matteo lorsque j'entrai dans mon bureau.

Je m'arrêtai une seconde pour évaluer rapidement la situation. Je n'avais pas encore eu l'occasion de parler du mariage au reste de ma famille. J'étais trop occupé à me remettre d'une tentative de meurtre.

Et la veille soir, après mon départ de l'hôpital, je m'inquiétai de la façon dont j'allais annoncer à Sato que Kuroi et moi n'allions pas vivre ensemble. C'était, bien sûr, avant d'arriver chez moi et de le trouver déjà là, habillé comme la chose la plus séduisante que j'aie jamais vue.

« Il y a eu un incident. Je m'en occupe, dis-je à mon frère en me dirigeant vers mon bureau. Que fais-tu ici ?

— Papa m'a envoyé voir comment tu allais. Il n'a pas eu le temps de venir te voir à l'hôpital, répondit Matteo en jouant le jeu subtilement avec un niveau de compétence que je ne pensais pas qu'il avait.

— C'était inutile. C'était un court séjour.

— Un court séjour parce que tu as encastré ta magnifique voiture dans un arbre. Qu'est-ce qui t'a poussé à faire ça ? Le Dante que je connaissais aurait dû se faire tirer dessus pour faire une chose pareille. »

À ces mots, je levai les yeux vers Matteo. Était-ce un nouveau niveau de son jeu subtil ?

« Pourquoi as-tu dit ça ? demandai-je, méfiant.

— Dit quoi ?

— Que je devais me faire tirer dessus pour encastrer ma voiture dans un arbre.

— Parce que c'est le cas. Tu adorais cette voiture. On aurait dit que tu étais prêt à prendre une balle pour elle, me répondit-il alors que j'étais à l'affut du moindre indice qu'il aurait pu être derrière la piqûre dans le cou que j'avais ressentie avant l'accident.

— Je n'aimais pas cette voiture autant que ça, lui dis-je dit, n'ayant rien trouvé.

— Alors, qu'est-ce qui s'est passé ? »

Mécontent de la tournure prise par son interrogatoire, je m'installai à mon bureau et ai commençai ma journée.

« Ce qui s'est passé, c'est que j'ai eu un accident.

— Mais pourquoi ? Nous avons fait vérifier par quelqu'un, mais elle n'a rien dit.

— Nous ?

— Oui, tu sais, Papa et moi.

— Alors maintenant, c'est Papa et toi. Après tout ce qu'il nous a fait vivre, c'est encore vers lui que ta loyauté se porte ? Après toutes tes conneries que j'ai dû réparer ?

— Hé, je ne t'ai jamais demandé de faire ce que tu as fait, répondit-il, sur la défensive.

— Tu n'as jamais eu besoin de le faire. C'est ce que signifie être une famille. On veille les uns sur les autres. Ce serait bien que tu t'en souviennes.

— Je m'en souviens, affirma Matteo en reculant un peu.

— Bien, fis-je en tournant mon attention vers mon ordinateur dans l'espoir qu'il partirait de lui-même.

— Mais en parlant de réparer mes conneries, papa et moi nous demandions ce qu'il en était de cette idée de mariage avec une fille Sato ? »

Étaient-ils au courant ? Ils devaient savoir quelque chose. S'ils savaient dans quel hôpital j'étais allé, il ne leur avait pas été difficile de deviner ce qui était à proximité et ensuite de déduire pourquoi j'étais là.

Merde ! J'allais devoir informer tout le monde. Et il n'y avait aucun moyen pour moi d'éviter de dire que le chef de la famille Ricci venait d'épouser un homme.

« Oui, ça a été réglé, affirmai-je avec désinvolture.

— Ah oui ? Quand cela s'est-il passé ?

— Hier. Il y a eu une petite cérémonie chez Sato. »

Le silence qui s'installa me poussa à lever les yeux. Matteo était plus que juste stupéfié, il était livide.

« Qu'est-ce que tu veux dire par une petite cérémonie chez Sato ?

— Je m'en suis occupé.

— Tu veux dire que tu es maintenant un homme marié ?

— Oui. Je m'en suis occupé, dis-je en essayant de hausser le ton pour le faire paraître idiot de me faire répéter, mais le cœur n'y était pas.

— Donc, mon grand frère et chef de la famille Ricci s'est marié sans qu'aucun membre de la famille ne soit là ?

— Bien sûr que non. Lorenzo était là. »

Matteo, qui s'était levé pour me parler de l'autre côté de mon bureau, s'effondra dans un fauteuil. Il se frotta le visage comme s'il avait la tête qui tournait.

« Quoi ? Ce n'est pas si grave. Il y avait un problème que tu as toi-même causé, et comme d'habitude, je m'en suis occupé. Qu'y a-t-il de nouveau à ça ?

— Ce qu'il y a de nouveau, c'est que tu t'es marié, bordel.

— Oui, confirmai-je, commençant à être un peu perdu quant à l'objet de notre discussion.

— Mon grand frère, que j'ai toujours imaginé que j'accompagnerais lors de ce grand jour, s'est marié et le seul présent était Lorenzo ?

— Matteo, ce n'est pas si grave.

— Pas si grave ? Dante, les Ricci ne se marient qu'une seule fois. Tu m'entends ? Une fois ! Et maintenant, la personne que j'admire plus que tout au monde est mariée, et je n'étais pas là pour en être témoin ?

— En être témoin ? De quoi parles-tu, Matteo. Ce n'est pas si grave. »

Je regardai Matteo. Ses yeux étaient humides de larmes. Qu'est-ce qui se passait ? Je l'avais déjà vu battre un homme à mort. J'avais vu notre père le battre à mort. Et jamais je ne l'avais vu pleurer. Je commençais à penser que j'avais peut-être fait quelque chose de mal.

« OK, fit Matteo en se ressaisissant. Alors, peux-tu au moins me dire qui est ma nouvelle belle-sœur ? »

à ces mots, je sentis ma poitrine se serrer. Sa nouvelle belle-sœur ? L'idée que je puisse être avec un homme ne lui traversait même pas l'esprit. Je ne savais pas si je pouvais faire ça.

« C'est un peu plus compliqué que ça.

— Plus compliqué ? Comment cela peut-il être plus compliqué ? »

Il n'y avait aucun moyen d'échapper à ça, surtout avec mon nouveau mari qui avait emménagé avec moi. Je baissai les yeux vers les papiers sur mon bureau, incapable de croiser son regard.

« Écoute, ce que tu as fait était très mal. J'ai dû arrêter une guerre. Qui sait combien de personnes auraient fini par mourir si je n'avais pas pris cette décision ?

— Qu'est-ce que tu racontes ?

— Ce que je dis, c'est que je n'ai pas épousé une femme, mais un homme. »

Le choc submergea mon frère. Chaque seconde qui passait sans qu'il parle me rendait nerveux.

« À quoi penses-tu, Matteo ? dis-je, me demandant si j'allais devoir en venir aux mains.

— Je…

— Tu quoi ?

Je ne comprends pas, dit-il, visiblement désorienté.

— Écoute, il s'avère que Yuki n'était pas disponible. Je pense qu'elle était déjà promise à quelqu'un d'autre ou autre chose. Et comme il fallait que ça marche, la seule option était Kuroi. »

Matteo tressaillit de surprise. « Kuroi ? Tu veux dire, la foutue Veuve Noire ? C'est quoi ces conneries ?

— Ne crois pas à ces conneries de Veuve Noire. Je l'ai rencontré. C'est quelqu'un de parfaitement raisonnable. »

À titre de preuve, j'aurais pu ajouter qu'il n'avait même pas touché une artère lorsqu'il m'avait poignardé à plusieurs reprises la veille au soir.

« Raisonnable ? Dante, tu n'es pas au courant. Ce gars est un psychopathe ! Certes, c'est vrai qu'il est pas mal si on est dans ce genre de choses. » Matteo s'interrompit. « Dante, tu es dans ce genre de choses ? »

Merde ! C'était une question directe. J'avais réussi à éviter ce genre de question toute ma vie. Mariez-vous avec un homme et tout part en vrille.

« Tu me connais, n'est-ce pas, Matteo ? Tu me connais. Je suis prêt à tout pour protéger cette famille. Nous avons besoin de ce lien.

— Nous n'en avons pas besoin à ce point-là.

— Matteo, nous en avons besoin ! Tu ne sais pas dans quel genre de merde tes caprices nous ont mis !

— Que tu sois forcé d'épouser quelqu'un qui ne te plaît pas ne peut pas en valoir le coup. C'était une chose quand je pensais que c'était Yuki. Je pouvais imaginer que ça fonctionne entre vous. Mais Kuroi ? Ce gars est un psychopathe. Rien ne peut valoir ça. Je veux dire, si tu n'es pas dans ce genre de truc, ajouta-t-il de manière suggestive.

— Ce qui est fait est fait. Tu m'entends ? Et ensuite, maintenant qu'il est mon mari, je ne peux pas te laisser le dénigrer comme ça. Tu m'entends ? Si tu lui manques de respect, c'est à moi que tu manques de respect. »

Matteo me regarda, l'air choqué.

« Tu m'entends ? répétai-je, plus fort.

— Oui, bien sûr. Peu importe, Dante, » répondit mon frère, l'air complétement décontenancé.

Nous nous regardâmes en silence un moment. Je ne savais pas ce qu'il pensait mais j'avais dit ce que j'avais à dire.

« Est-ce que cela va être un problème ? demandai-je à mon frère abasourdi.

— Bien sûr que non, Dante. Pas de problème.

— Bien. Y a-t-il autre chose ? »

— Une chose. Comment vas-tu annoncer ça à Papa ? Je veux dire, tu me connais, je suis ouvert d'esprit. Mais il n'est pas exactement de notre école de pensée. »

Notre école de pensée ? Qu'est-ce que Matteo essayait de me dire, exactement ?

« Je suppose que tu vas t'empresser d'aller lui raconter ?

— J'espère ne pas avoir à le faire ?

— T'as pas besoin de faire de la merde.

— Dante, tu as épousé un putain de mec ! Je n'ai rien contre ça. Mais, il va le découvrir. »

Matteo avait raison. Il ne pouvait pas être pris de court avec ça. Il était capable de tuer celui qui le lui annoncerait.

Je posai les doigts sur les points de suture que j'avais dû me faire moi-même enfermé dans ma chambre.

« Ça va ?

— Je vais bien. Les ceintures de sécurité te gardent en vie, mais… fis-je, sous-entendant que ma douleur venait de ça.

— Attends. Ton accident a-t-il quelque chose à voir avec ton mariage chez Sato hier ? »

Comment répondre à ça ?

« C'est arrivé quand je partais. »

Il me regarda, l'air perdu.

« Alors, qu'est-ce qui est arrivé à Lorenzo ? N'as-tu pas dit qu'il était là avec toi ?

— Pas quand je suis parti.

— Pourquoi n'était-il pas avec toi quand tu es parti ?

— Je devais sortir et prendre un peu d'air. Tu as un problème avec ça ? »

Matteo recula.

« Je n'ai pas de problème avec ça. J'essaie juste de comprendre ce qui s'est passé. Tu sais que Papa va me poser des questions là-dessus.

— Dis-lui ce que tu sais. Je n'ai rien à cacher.

— Tu es sûr ? me demanda-t-il sans ambages.

— Écoute. Dis-lui ce que tu as à lui dire. Je n'ai rien à cacher. J'ai fait ce que je devais faire. Maintenant c'est fait.

— Tu sais que maman va vouloir le rencontrer, hein ? Elle va s'attendre à ce que tu le ramènes pour le dîner du dimanche. Il n'y a aucun moyen que tu échappes à ça. »

Oh merde. Il avait raison. Quoi que pense Papa de cela, Maman allait l'accueillir dans la famille. Elle allait vouloir le rencontrer et s'attendre à ce qu'il se comporte comme un membre de la famille.

Comment allais-je amener mon nouveau mari qui portait des robes à l'un de nos dîners de famille. Si quelqu'un disait quoi que ce soit à propos de ses tenues, il pourrait y avoir des morts.

« Tu tiens sans cesse ta jambe. Tu es sûr que ça va, Dante ?

— Je vais bien, » lui dis-je dit en me demandant si ce que j'avais n'était pas une crise d'angoisse. Ou peut-être que les murs se refermaient réellement sur moi.

« Écoute, je dois me mettre au travail. Y a-t-il autre chose dont tu as besoin ?

— Oui, j'ai besoin que tu annonces ça à Papa pour que je n'aie pas à le faire.

— Noté.

— Et j'ai besoin que tu me rassures en me disant que tout ça ne va pas te sauter à la figure.

— Tout est sous contrôle.

— J'espère, » dit Matteo avec une véritable inquiétude. Se tournant pour partir, il a ajouta : « Peut-être que toi, moi et ton nouveau mari devrions sortir pour une première rencontre avant que tu ne le présentes au reste de la famille, tu sais…

— Parce qu'on ne peut pas être sûr que le reste de la famille pense comme nous ?

— Exactement.

— J'y penserai », lui dis-je en concentrant mon attention sur l'écran de mon ordinateur.

Quand Matteo eut fermé la porte derrière lui, je relevai les yeux. L'air vint à nouveau emplir mes poumons. Tout dans notre conversation était inattendu. De tous les membres de la famille, je pensais que Matteo serait celui qui prendrait le plus mal le fait que je sois avec un homme. Il n'était pas vraiment connu pour la profondeur de ses réflexions.

Mais il avait dit que personne d'autre ne pouvait être digne de confiance pour penser comme nous. Qu'est-ce que cela signifiait exactement ? Comment pensaient-ils ?

Mon frère et moi n'avions jamais pensé pareil sur quoi que ce soit. Mais il voulait clairement dire quelque chose par là. La question était : quoi ?

Une autre question était : comment allais-je annoncer à notre père que j'avais épousé le fils de Sato ? Une autre question encore était : Kuroi allait-il me tuer avant que j'en aie l'occasion ?

Ce gars était vraiment fou. Beau gosse, comme Matteo l'avait dit, mais complètement fou. Il m'avait poignardé lors de notre première nuit ensemble. Pour quoi ?

Peut-être que je devais juste lui donner de l'espace. Ça ne pouvait pas être son idée de se marier. Peut-être que si je lui donnais un peu de liberté, il s'y habituerait et il ne serait pas aussi porté sur les coups de couteau la prochaine fois. Ou peut-être que je devais juste cacher les couteaux.

Comment avais-je pu me mettre dans cette situation de merde ? Foutue Matteo !

Ayant établi un vague plan pour gérer Kuroi, je me concentrai sur les autres affaires à régler. Tout d'abord, quelqu'un avait tenté de me tuer. Et comme il avait échoué, il allait essayer à nouveau.

Deuxièmement, je ne pouvais pas faire confiance à notre père pour accepter que je sois à la tête de la famille. Il allait essayer quelque chose, ce n'était qu'une question de temps.

J'allais faire le point avec Lorenzo à propos de ce que je pensais être en train de se passer, en laissant de côté la partie où mon nouveau mari avait essayé de me transformer en brochette. Il soupçonnait Kuroi d'être derrière ma perte de connaissance avant l'accident. Lui cacher que Kuroi m'avait intentionnellement laissé la vie sauve rendait difficile l'explication de mes doutes à ce sujet.

« Il t'a embrassé, et quelques minutes plus tard, tu as eu un accident, le dit-il pendant le déjeuner.

— S'il voulait ma mort, il aurait pu me tuer dans mon sommeil, répondis-je, bien que je n'avais pas fermé l'œil de la nuit.

— Attends, comment aurait-il pu ? Est-ce qu'il sait où tu habites ?

— Bien sûr qu'il le sait. Il a emménagé chez moi. »

Lorenzo s'était figé alors qu'il allait porter une feuille de salade à sa bouche.

« Je croyais que tu avais dit que vous vivriez séparément ?

— Ne me fais pas dire ce que je n'ai pas dit, répliquai-je dit, jouant les mots que j'avais pu prononcer.

— Je ne te fais rien dire du tout. Il me semblait juste que tu l'avais affirmé.

— Eh bien non, ce n'est pas ce que j'ai dit. »

J'étais presque sûr de l'avoir pensé. Et ça devait être le plan. Mais, je n'étais pas sûr que les mots soient sortis de ma bouche.

« Alors, comment s'est passée ta première nuit d'homme marié ? Le mariage a été consommé ? dit-il sur le ton de la plaisanterie.

— Ça n'est pas prêt d'arriver, répondis-je, beaucoup plus excité par cette idée que je ne voulais le laisser paraître.

— Alors, quand vais-je rencontrer mon nouveau beau-frère ?

— Pourquoi tout le monde semble aussi pressé de le rencontrer ?

— Tout le monde ?

— Toi, Matteo.

— Matteo est au courant ? Qu'a-t-il dit ? demanda Lorenzo, l'air étrangement intéressé.

— Tu connais notre frère.

— Hum, souffla-t-il en retournant à son déjeuner.

— Il a dit quelque chose d'intéressant cependant. Il a dit que maman voudrait que je le présente à la famille lors d'un dîner.

— Ah ! Ça, ça sera un dîner que je ne vais pas louper, dit-il, l'air amusé.

— Oui. Tu crois vraiment ?

— Je ne crois rien, j'en suis sûr. Il a raison. Maman va te faire faire ça, dit-il sur un ton décontracté.

— Hum, » fis-je dit en réfléchissant à ça. Matteo a dit autre chose aussi.

— Il était plein de pensées intéressantes aujourd'hui.

— Oui. Il a dit que peut-être que je devrais inviter Kuroi à dîner avec quelqu'un de la famille en premier. Tu sais, pour m'assurer que rien ne se passe mal.

— Que pourrait-il bien se passer de mal ? demanda Lorenzo en riant.

— C'est aussi ce que je me dis. Alors, qu'est-ce que tu en penses ?

— Quoi ? Avec moi ? J'adorerais ça. Et ça me donnerait aussi l'occasion de découvrir si c'était lui qui a essayé de te tuer. »

— Je ne pense pas qu'il ait essayé de me tuer », dis-je dit en toute désinvolture.

Lorenzo leva les yeux, amusé.

« Dante Ricci, aveuglé par un joli visage… qui l'eût cru ? »

Je ne répondis pas. D'abord, je n'aimais pas que mes frères pensent qu'ils pouvaient commenter l'apparence de mon mari comme ça. Un peu de respect. Fou furieux ou pas, il était toujours mon mari. Ils allaient devoir comprendre ça.

Ensuite, ils n'avaient pas tort. J'avais un faible pour Kuroi. Si n'importe qui d'autre m'avait fait ce qu'il m'avait fait, je lui aurais ôté la vie immédiatement. Je ne l'aurais pas seulement étranglé à mort, je l'aurais balancé de mon balcon.

Il y avait bien plus que le besoin que les fonctionnent entre nos deux familles qui m'empêchait de le tuer. Cet homme était un fil sous tension que je brûlais d'envie de toucher.

Après avoir étiré le temps au travail autant que possible, je finis par repartir chez moi. Au volant de ma voiture de location, je sentais mes paumes devenir moites. Ça ne me ressemblait pas. Je ne stressais jamais pour quoi que ce soit. Alors, pourquoi étais-je dans cet état ?

En en entrant dans le hall, le remplaçant de Franko me fournit un rappel de ce qui m'attendait par. « Bonsoir, Monsieur Ricci, me dit-il en m'ouvrant l'ascenseur.

— Bonsoir. »

Quand la porte se referma derrière moi, je pris une inspiration forcée. Je ne pouvais pas respirer. Je ne m'étais jamais senti comme ça. Que se passait-il ? En entendant le ding de l'ouverture de la porte, j'ai compris que tout ce que je ressentais était un peu excessif. Je devais entrer dans ma chambre aussi vite que possible et trouver un moyen de gérer les choses. Sortant de l'ascenseur, je regardai instinctivement autour de moi.

« Chéri, tu es rentré ! » lança mon mari depuis la cuisine. Je savais que j'aurais dû continuer mon chemin, mais je ne pouvais pas. Il portait une robe à carreaux des années 50, un collier de perles et un tablier, et tenait un plat à gratin dans ses mains.

« Qu'est-ce que tu as sur le visage ? dis-je avant de pouvoir m'en empêcher.

—Que veux-tu dire ? » me demanda-t-il en souriant, le visage peint en blanc comme un de ces artistes de Kabuki.

Je me pris à rire. Mais peut-être que ce n'était pas un rire. C'était peut-être plutôt un petit ricanement méprisant. Dans tous les cas, c'est à ce moment-là que je me remis à avancer vers ma chambre.

On aurait pu penser que, maigrelet comme il l'était, mon nouveau mari ne serait pas capable de lancer un plat de gratin comme il l'a fait. Mais il le pouvait. Et son tir fut d'une précision implacable.

Non seulement il réussit à m'atteindre à l'autre bout de la pièce, mais le plat me frappa au point qu'il est nécessaire de viser précisément pour faire tomber une personne. J'étais à terre avant de réaliser.

Allongé sans défense, je m'attendais à moitié à être transformé en gruyère. Pas cette fois. Cette fois, il retira son tablier et en enroula la lanière autour de ma gorge. Il fallait lui reconnaître ce point : il était doué pour l'improvisation.

Et il fallait bien que quelqu'un improvise. Parce que, moi, j'étais trop occupé à essayer de rester en vie. Si je ne me relevais pas, j'étais certain que je ne le ferais jamais. Cette fois, il essayait vraiment de me tuer. Au moins, je n'aurais pas à écouter mon père dire qu'il me l'avait bien dit. Ou écouter maman raconter à Kuroi des histoires embarrassantes sur mon enfance.

Étrangement, c'était de penser à Kuroi assis dans le salon de mon enfance à écouter maman lui raconter des histoires sur moi qui m'empêchait d'abandonner. Je pense qu'il y avait une partie de moi qui voulait ça. Avant ce moment, je n'aurais jamais pu imaginer que mon mari faisait vraiment partie de ma vie. Mais c'était ce que je voulais. Cela avait toujours été ce que je voulais. Je ne m'étais jamais permis de le reconnaître avant, mais c'était la version de ma vie pour laquelle j'avais vraiment envie de me battre.

Avec ce nouvel objectif, j'ai attrapé la lanière du tablier derrière moi. La tirant juste assez, je pus me retourner, le déséquilibrant. La lanière s'étant desserrée davantage, je le tirai vers moi, attrapai sa robe et le projetai par-dessus ma tête.

Roulant en avant, il ne s'arrêta pas avant d'être de nouveau sur ses pieds. Mais il était tourné dans l'autre sens. C'était ma chance. Luttant pour respirer, je me relevai d'un bond et je me jetai sur sa taille.

Ce n'était pas une araignée, c'était un chat. Il se retourna vivement alors que je l'attrapais et je m'attendis à sentir un couteau me sectionner l'artère carotide.

Toujours en vie, je laissai mon instinct prendre le dessus. L'immobilisant, je me tournai et plaquai son épaule sur le sol. Ce geste le surprit. J'en profitai pour placer mes grandes mains de chaque côté de son crâne. Sachant que c'était une question de vie ou de mort, je le frappai contre le sol.

Cela eut pour effet de l'étourdir. Roulant sur lui, je mis mes mains autour de sa gorge et resserrai ma prise. Je pouvais voir la vie le quitter. Son visage était si beau. Les pommettes saillantes, les sourcils marqués, le teint brun soyeux. Qu'étais-je en train de faire ? Me reprenant en voyant du sang sous son nez, je desserrai mon emprise sans le lâcher complètement. D'où venait ce saignement ? Même maintenant, mon désir de le protéger était puissant.

« Oh merde, ça vient de moi. Et ça gicle. »
Kuroi n'aurait pas dû avoir à m'étrangler. Il avait ouvert une plaie assez grande sur ma tête pour me faire mourir d'hémorragie en très peu de temps.

« Espèce de taré, dis-je en le lâchant pour le toucher le crâne.

—Comment le sais-tu ? rétorqua-t-il en toussant.

—Quoi ? » fis-je, ne sachant pas s'il était en train de flirter avec moi ou de remettre en question mon jugement.

Sans le quitter des yeux, je me relevai en titubant et appuyai sur ma tête en attendant l'ascenseur. Quand il finit par arriver, j'y entrais à reculons, fixai ses yeux intenses et attendit que les portes se referment.

Je savais ce que je devais faire. Je devais me faire aider, et vite. À chaque seconde, je devenais plus faible. Et je ne pouvais pas traîner ici. Si mon mari taré décidait de m'attaquer à nouveau, il ne me resterait rien d'autre à faire que mourir.

« Monsieur Ricci, allez-vous bien ? demanda l'assistant de l'accueil alors que je filais devant lui.

— Oui.

— Voulez-vous que j'appelle quelqu'un ?

—Non ! » ordonnai-je en m'assurant qu'il voie mon regard.

Ça avait marché. Du moins, je l'espérais. Baissant les yeux, je vis que mes vêtements commençaient à ressembler à ceux d'un bal de promo dans un film d'horreur. Je devais sortir d'ici. Je devais monter dans ma voiture et me rendre à l'unique endroit où je savais que je serais en sécurité.

En approchant de l'appartement de Lorenzo, je trouvai une place sur le trottoir pour me garer et éteindre le moteur. Je ne vais pas vous mentir. Je n'aurais probablement pas dû arriver jusque-là. Je voyais tout en double pendant le trajet, c'est un miracle que j'aie réussi à choisir les bonnes voitures à ignorer.

Sortant mon téléphone, je trouvai le nom de Lorenzo et l'appelai.

« Qu'est-ce qu'il y a, Dante ? demanda Lorenzo, l'air un peu endormi.

—Je suis en bas. Apporte ton kit. Quelqu'un m'a eu.

—Je descends tout de suite », dit-il, prouvant une fois de plus qu'il était la seule personne sur qui je pouvais compter.

Sentant ma vision vaciller, j'eus l'impression qu'une éternité s'est écoulée avant que mon frère apparaisse et que la portière de ma voiture s'ouvre.

« Merde ! Qu'est-ce qui s'est passé ? demanda-t-il en tendant la main vers ma tête sans attendre ma réponse.

—Je suis tombé, marmonnai-je.

—Bien sûr, dit-il en riant. Et comment se passe ta vie de couple ?

—Tout est au top, répondis-je répondu juste avant que la brûlure de l'alcool n'envoie des ondes de choc sur mon visage.

—Quelqu'un t'a effectivement eu, confirma-t-il. Rappelle-moi de viser la tête la prochaine fois que j'ai besoin de m'occuper de quelqu'un. Je suis surpris que tu sois même arrivé ici. »

Après ce qui me sembla être cinq points de suture, il me tendit un encas énergétique à boire avec une paille, referma ma portière et s'est installé à la place du passager. À mon grand soulagement, il ne me posa aucune question jusqu'à ce que j'aie bu la moitié de la boisson.

«Tu ne comptes pas rentrer chez toi, n'est-ce pas ?

— Pourquoi ne rentrerais-je pas ? Je t'ai dit que j'étais tombé.

— Contre quoi ? Une batte de baseball ?

— C'était un plat de gratin, en fait. Mon tendre mari venait de me préparer le dîner. »

Lorenzo me regarda comme s'il se demandait ce qu'il devait penser.

« Tu veux monter ? demanda-t-il sur un ton incertain.

—Je pourrais avoir besoin d'une minute avant de rentrer, lui avouai-je, embarrassé.

—Sors de là », dit-il avant de changer de place avec moi pour conduire ma voiture dans le parking souterrain de son immeuble.

Avant de sortir de la voiture, je le vis envoyer un message.

« Tu vas garder ça entre nous, n'est-ce pas ? dis-je d'une manière qui lui fit comprendre que j'étais sérieux.

—T'es malade ou quoi ? Évidemment », répondit-il en continuant de textoter.

Je le laissai passer, et finalement, je pus voir clair assez longtemps pour sortir de la voiture et me diriger vers l'ascenseur. En arrivant à son étage, je vis un gars se diriger vers nous dans le couloir. Lorenzo allait devoir s'occuper de ça parce que je ne pouvais pas. J'étais couvert de sang. Je n'étais pas en position de menacer un homme pour qu'il garde le silence.

À ma grande surprise, Lorenzo ne s'en occupa pas. Il n'y en eut pas besoin. L'homme ne nous regarda pas. Et, plus étrange encore, Lorenzo ne le regarda pas non plus. C'était comme si je voyais quelqu'un qui n'était pas là. Et pourtant il l'était là. Aucune place au doute.

« Va te laver. Je vais t'apporter des vêtements », me dit-il en entrant dans son appartement.

Après un rappel de quelle porte était celle de la salle de bain, j'y entrai et m'écroulai sur le lavabo. En me regardant dans le miroir, je me demandais comment j'étais encore en vie. Mon visage était couvert de sang. On aurait dit que je m'étais baigné dedans.

Comment avais-je pu me mettre dans cette situation de merde ? Kuroi voulait-il vraiment me tuer ? Je ne pouvais pas dire s'il était mauvais ou s'il jouait avec moi.

Et qu'avait-il voulu dire par « Comment le sais-tu ? ». Comment pouvais-je savoir qu'il était un taré ? Parce qu'il m'avait lancé un plat de gratin. Ou bien, avait-il voulu suggérer quelque chose à propos de ce qui se passerait si nous faisions l'amour ? À quel point ça pourrait être fou de coucher avec lui ?

« J'ai apporté ça », dit Lorenzo, me ramenant au temps présent.

Je regardai le t-shirt et le pantalon de survêtement dans ses mains. Était-ce une blague ?

« C'est la seule chose que j'ai qui t'irait. »

Il avait probablement raison. Non seulement il était plus petit que mon 1,92 m, mais il n'avait pas ma carrure.

« Assieds-toi. Je vais le faire », insista-t-il en voyant que je m'agrippais au lavabo pour rester debout.

Je me redressai lentement et déboutonnai ma chemise. Comme je mettais trop de temps, il prit le relais et la tira en dessous de mes épaules.

« Qu'est-ce que c'est que ça ? » dit-il dit en voyant les points de suture que j'avais faits sur la marque d'amour que m'avait faite Kuroi la nuit précédente. Je détournai le regard, embarrassé, et il n'ajouta rien d'autre à ce sujet. Au lieu de cela, il me poussa vers les toilettes et me fit asseoir sur le couvercle fermé.

J'avais l'habitude qu'il nettoie mes plaies. Enfants, nous étions cinq, mais c'était plus comme s'il y avait moi, et de l'autre côté Matteo, Giovanni et Marco. Giovanni et Marco étaient trop jeunes pour se battre, mais Matteo profitait de la situation. Quand ils m'attaquaient, Matteo me frappait souvent à la tête avec l'un des jouets des petits.

Et ce n'était pas parce que ces jouets étaient faits pour les enfants qu'ils ne pouvaient pas faire couler du sang. Quand je ne perdais pas connaissance, Matteo payait pour ça, bien sûr. Mais quand je saignais comme ce soir, c'était dans l'intérêt de tous de me recoudre aussi rapidement que possible.

C'est là que Lorenzo intervenait. Lorenzo avait fait sa première suture en papillon à dix ans. Nous le considérions tous comme une personne neutre. Cela lui permettait de se perfectionner. Parce que, si Matteo faisait couler mon sang, ce n'était qu'une question de temps avant que je le fasse boiter pendant un mois.

C'était incroyable : il ne comprenait jamais sa leçon. Il avait la tête dure encore à ce jour.

« J'ai du chinois si t'as encore faim, me dit Lorenzo quand il eut terminé.

— Manger ne me ferait pas de mal, » lui répondis-je dit en sachant que je n'étais toujours pas assez fort pour partir.

Après m'être habillé avec les vêtements de Lorenzo, je le rejoignis à table.

« J'ai interrompu quelque chose ? demandai-je en remarquant à quel point les choses sur la table étaient bien rangées.

— Que pourrais-tu interrompre ? »

Je fixais mon frère, comprenant qu'il n'allait rien lâcher. Je pris donc simplement place à table et me servis. Manger était exactement ce dont j'avais besoin. Je le fis jusqu'à ce que je ne puisse plus bouger.

« Tu peux rester dans la chambre d'amis.

—Je n'ai pas besoin de rester dans ta chambre d'amis », répondis-je furieux qu'il ait pu faire cette suggestion.

Qu'est-ce qu'il pensait, que je ne pouvais pas m'occuper de moi-même ?

« Dante, dit-il en me regardant avec compassion, je sais pourquoi tu l'as fait. Et c'est louable. Tu fais plus pour Matteo que je ne le ferais jamais. Mais l'homme que tu as épousé essaie de te tuer.

— Non. »

— Tu es marié avec lui depuis trois jours et tu as été

recousu autant de fois.

— J'ai été hospitalisé pour un accident de voiture.

— … Cinq minutes après avoir épousé l'homme connu sous le nom de Veuve Noire parce que chacun de ses partenaires a fini par mourir d'une crise cardiaque. Je ne me souviens plus, qu'est-ce qui t'a fait percuter cet arbre, déjà ? »

Lorenzo était un connard, mais il n'avait pas tort. Sauf si c'était vraiment une attaque de panique qui m'avait fait percuter cet arbre, je devais accepter que ça avait à voir avec le baiser de Kuroi. Cela faisait trois fois.

Mais, si Kuroi essayait de me tuer, pourquoi ne l'avait-il pas juste fait cette première nuit. Il avait un couteau. Il savait où viser. Pourquoi n'avait-il pas essayé de s'introduire dans ma chambre quand j'étais censé dormir pour m'achever ?

Même chose ce soir-là. Qui fait un gratin pour essayer de tuer quelqu'un avec le plat ? Il devait être plus complexe que l'image du beau cinglé avec un sens impeccable de la mode.

D'ailleurs, pourquoi était-il habillé comme ça quand j'étais rentré ? Je n'avais jamais été fétichiste. Mais cet homme me faisait quelque chose, c'était sûr. Si un jour il arrêtait d'essayer de me tuer, je lui ferais des choses incroyablement indécentes.

« Tu m'as entendu, Dante ? Tu ne peux pas rentrer chez toi. J'ai besoin de plus de temps avant de prendre en charge les affaires familiales. Donc, je te veux en vie un peu plus longtemps. »

Mes yeux se fixèrent sur lui, lui lançant un regard meurtrier. Il ne plaisantait pas. Il pensait vraiment ce qu'il disait.

Je pouvais le respecter pour ça. Lorenzo savait ce qu'il voulait et ne le cachait pas. Il voulait mon poste, mais n'était pas prêt à me tuer pour l'obtenir. Mais il avait ce type d'ambition. Je pouvais travailler avec ça. Il n'avait pas ce qu'il fallait pour diriger la famille. Ni lui ni Matteo ne l'avaient. Combinez les deux et ils auraient représenté une force dangereuse. Mais diriger une famille nécessitait d'accepter les gens. Cela pouvait vous frustrer comme Matteo me frustrait. Mais c'était nécessaire. Lorenzo ne pouvait pas faire ça.

Et ce dont Matteo avait besoin était une partie de la prévision de Lorenzo. En fait, Matteo avait juste besoin de ne pas agir sur chaque pensée aléatoire qui traversait son esprit. Même notre père ne dirigeait pas l'entreprise de cette façon et nous avions à peine survécu à son leadership.

« Tu es mon frère. Ne me force pas à te mettre sous terre, lui dis-je.

—Tu penses que tu pourrais si tu essayais ? » répondit-il avec un sourire.

Qu'est-ce qu'il voulait dire par là ? Évidemment que je pourrais. Était-il plus doué pour construire des alliances que je ne le pensais ?

« Ne me force pas à essayer, dis-je en le regardant dans

les yeux.

— Tu peux dormir dans la chambre d'amis », répondit-il en quittant la table et en se dirigeant vers sa chambre.

Je devais surveiller Lorenzo. Il était la dernière personne de qui j'attendrais une trahison. Mais cela ne le rendait que plus dangereux.

Après être resté assis encore un moment, je finis par accepter l'offre de Lorenzo et me retirai dans sa chambre d'amis. Malgré le défi ouvert de Lorenzo, je dormis bien cette nuit-là. Je n'avais pas dormi la nuit précédente, j'en avais besoin. Et quand vint le temps de rentrer chez moi le lendemain matin, je trouvai Kuroi endormi dans mon lit.

J'avais veillé à ne pas faire de bruit, donc, je ne pensais pas l'avoir réveillé. Cela me permit de le regarder, mon nouveau mari, ce bel homme dans mon lit. Il dormait si paisiblement sous mes draps. Je ne pouvais m'empêcher d'apprécier cela. Mais en même temps, pourquoi n'avait-il pas dormi dans la chambre d'amis ?

Ne serait-ce pas merveilleux si j'étais dans ce lit avec lui ? Il s'ajusterait si confortablement dans mes bras. Je pourrais le tenir et le protéger du monde s'il me le permettait. Mais peut-être que je voyais cela sous le mauvais angle.

Je n'avais jamais été dans cette position auparavant. Il y avait eu des hommes dans mon lit mais aucun d'eux n'avait été autorisé à y passer la nuit. Kuroi avait l'air d'y être chez lui. Mais peut-être étais-je en train de projeter mes désirs sur un homme qui attendait l'occasion de me tuer.

En fermant les yeux pour éliminer cette pensée de mon esprit, je me dirigeai vers ma salle de bain pour commencer ma journée. Sous la douche, tout était douloureux. J'avais l'impression de ne tenir que par des fils. Et après entrepris de m'habiller, j'entendis la porte de la salle de bain s'ouvrir, captant mon attention.

Nos regards se croisèrent. Kuroi était seulement vêtu d'un caleçon. Pour la première fois, je le voyais. Aucun costume farfelu ou maquillage. Juste lui. Complètement lui. Je bandai rien qu'en le voyant.

« Laisse-moi t'aider », dit-il d'une voix douce en s'approchant de moi.
J'évaluai rapidement les armes qu'il pourrait utiliser, ainsi que la position de la mienne. Mais il s'avéra que je n'en eus pas besoin. La seule chose qu'il attrapa fut ma chemise.

Sentant sa chaleur corporelle m'envahir, je pus détecter son léger parfum lorsqu'il l'enfila sur mes épaules. Une fois cela fait, il la boutonna. Je n'aurais su dire s'il avait vu les points de suture sur mon côté. Si oui, il fit comme si de rien n'était. Il se contenta de rentrer ma chemise dans mon pantalon avant d'aller chercher une veste dans mon dressing. Il me la tendit.

« Je n'en ai pas besoin, lui dis-je, n'ayant jamais porté de veste au travail.

—Tu serais beau avec », affirma-t-il en la secouant un peu devant moi.

Je ne pus refuser. Le regard plongé dans ses yeux fascinants, tout ce que je pouvais faire était de lui donner ce qu'il voulait.

Prenant la veste, je passai un bras dans une manche. Comme j'étais toujours incapable de la faire glisser sur mes épaules, il m'aida et me poussa à me tourner vers le miroir en pied. Se tenant derrière moi, il fixait mon reflet. Comme s'il aimait ce qu'il y voyait, il sourit.

« Ce n'est pas mieux ?

— Si bien mieux, répondis-je répondu en parlant de ma tenue, mais aussi de l'ensemble de la situation.

— Tu veux que je te prépare un petit-déjeuner ?

— Tu prépares le petit-déjeuner ? lui demandai-je, surpris.

— J'ai un téléphone », dit-il en souriant.

Je me pris à rire, mais seulement brièvement. Je n'avais pas oublié comment il avait réagi la dernière fois que j'avais ri de lui. À ce souvenir, je quittai ses bras et me dirigeai vers la porte.

« Je dois y aller, dis-je en partant précipitamment.

—On se voit ce soir ? » demanda-t-il en s'appuyant contre le cadre de la porte de ma chambre.

Je sursautai.

Qu'est-ce que ça voulait dire ? Certes, il était gentil ce matin, mais ne l'était-il pas aussi hier matin ? Quelle partie de mon corps devrais-je recoudre ce soir ?

C'était ridicule. Ses sautes d'humeur étaient incontrôlables. Oui, je n'avais probablement pas réagi de la meilleure façon en le voyant la nuit dernière. Mais sa réponse avait été au-delà de tous les excès. Si cela avait été un autre, il serait mort à l'heure qu'il était.

Le problème était qu'il n'était pas n'importe qui. Il était Kuroi Sato, mon mari. Ce simple fait signifiait que je n'avais pas les mêmes options. J'étais sans défense contre lui. Et si je ne reprenais pas les choses en main avant qu'il ne s'en rende compte, j'étais en danger.

Une fois dans ma voiture, je composai le seul numéro en qui j'avais confiance.

« Lorenzo, rejoins-moi à mon bureau dans une heure.

— J'y serai », dit-il mon frère, comme s'il avait compris de quoi il s'agissait.

Alors que je fixais la ville depuis la fenêtre de mon bureau, Lorenzo entra, très professionnel.

« Tu as raison. J'ai un problème à la maison et j'ai besoin de ton aide, admis-je, même si ce fut très difficile à dire.

— Tu veux que je m'en occupe ? »

Rien que de l'entendre le dire je sentis la rage monter en moi.

« Ne prononce plus jamais ces mots. »

Lorenzo ne broncha pas. Au lieu de cela, il inclina la tête

comme un chiot curieux.

« Alors pourquoi m'as-tu demandé de venir ?

— J'ai besoin de tes lumières. J'ai besoin d'un moyen de résoudre ça.

— Donc, tu veux que je le fasse te tuer plus lentement ?

—Je te l'ai déjà dit. Je ne pense pas qu'il essaie de me tuer. »

Il se mit à rire.

« Je suis sérieux. »

L'air frustré, il répondit : « Tu l'as embrassé et ensuite tu as immédiatement mis ta voiture dans un arbre. Donne-moi une autre explication pour ça. »

Je songeai à ce que le médecin avait dit à propos de l'attaque de panique.

« J'ai ressenti quelque chose sur mon cou.

— Quoi ?

—Oui. Juste avant de m'évanouir.

— Qu'est-ce que tu as ressenti ?

— Ça ressemblait à une détonation de fusil mais, » j'ai touché l'endroit pour lui montrer, « pas de blessure.

— Qu'est-ce qui ressemble à une détonation mais ne laisse pas de blessure ? » Lorenzo prit un air sérieux. « As-tu déjà été frappé par un taser ? »

— Non. Qu'est-ce que ça fait ? demandai-je, intrigué.

— Comme si on t'avait tiré dessus.

— Mais je conduisais quand je l'ai ressenti.

— À quelle vitesse roulais-tu ?

— Tu as vu l'accident. Assez vite. »

Lorenzo se mit à dodeliner de la tête d'un air pensif.

« Et il y a d'autres choses.

— Comme quoi?

— Comme ce qu'on utilise pour abattre un ours.

— Un fusil tranquillisant ?

— Peut-être. Mais il faudrait un super tireur.

—Qui connaissons-nous qui pourrait faire un tir comme ça ? »

Aussitôt que je posai la question, Lorenzo et moi pensâmes à la même personne. Je pouvais le dire juste par la façon dont il m'avait regardé. Matteo prenait beaucoup de décisions impulsives. Mais si vous lui donniez du temps et un fusil de précision, la cible était la seule chose qui comptait pour lui. À travers la fenêtre ouverte d'une voiture roulant à 70 kilomètres à l'heure, le seul qui pouvait faire ce tir était mon frère.

« Nous pouvons arranger ça plus tard, dis-je, ne voulant pas énoncer ce à quoi nous pensions tous les deux.

— Ouais, convint-il.

— Alors, si Kuroi n'est pas en train de me tuer, comment puis-je l'empêcher de me tuer ?

— Réunis des infos, évalue la situation, et propose un plan, suggéra-t-il.

— D'accord. Qui pourrait avoir des infos sur Kuroi ? Ceux qui le connaissaient le mieux sont morts.

— Pas tous», répondit Lorenzo avant de me suggérer ce que je devais faire ensuite.

Garder un œil sur Yuki Sato n'était pas une chose que la famille Ricci faisait souvent. Nous savions qui elle était. Nous avions une idée générale de ce qu'elle faisait de ses journées. Mais compte tenu du fait qu'elle n'était pas l'héritière présumée de Sato, ce n'était pas une priorité.

Cela dit, nous savions où la trouver n'importe quel jour donné si nécessaire. Et à présent, c'était nécessaire. Le jeudi, elle était probablement au marché aux fleurs. Cela simplifiait les choses. Parce que nous devions avoir une conversation urgente sur son frère, et je savais comment la trouver.

Assis à un café en face de son stand de fleurs préféré, je tenais un journal et gardai un œil sur la rue. Mon info m'avait dit qu'elle achetait des camélias en hiver et des lys en été. C'était encore la saison des lys, et elle les prendrait blancs.

Ponctuelle comme une horloge, elle apparut. Même sans les vêtements traditionnels qu'elle porte lors des événements sociaux, elle était difficile à manquer. Parfaite dans sa robe d'été sans manches, elle évoluait avec l'élégance que j'imaginais autrefois apporter de l'honneur à la famille Ricci. Au lieu de cela, j'avais fini avec Kuroi. Certes, il était vraiment beau gosse. Mais il était plus susceptible de nous mener à la guerre que Matteo.

Repliant rapidement mon journal et traversant la rue, je m'approchai de Yuki.

« Yuki, puis-je vous parler un instant ?

Sans paraître nullement surprise, Yuki ne leva même pas les yeux.

« Monsieur Ricci, je suis ravie de vous voir.

—Moi aussi. Écoutez, je me demandais si je pouvais vous parler de Kuroi. »

C'est alors qu'elle se retourna pour me fixer.

« Il serait inapproprié pour moi de m'impliquer dans le mariage de mon frère.

— D'accord. Bien sûr. Le convenable. Ouais, ça je m'en fiche. J'ai besoin de votre aide ou soit moi soit votre frère va finir mort. Et, soyez assurée que si quelque chose m'arrive, tous les membres de votre famille seront les prochains.

— Donc, ce que vous me dites, c'est que je n'ai pas d'autre choix que vous parler ? » demanda-t-elle calmement.

— Ce que je dis, c'est qu'il faut qu'on parle. »

Yuki reprit ses achats.

« Peut-être que mon honorable beau-frère aimerait m'accompagner pour un thé une fois mes courses terminées. »

Je n'aimais pas être repoussé.

« Où ?

— Il y a un salon de thé à deux rues d'ici. Vous connaissez le quartier ? »

Je voyais très bien de quel établissement elle parlait. C'était là où elle se rendait toujours après avoir acheté des lys blancs.

« Je vois où vous voulez dire.

— Alors je vous y retrouverai », dit-elle en me congédiant pour poursuivre ses achats.

Je devais admettre que notre échange ne s'était pas déroulé comme prévu. Tout ce que je savais d'elle me faisait penser qu'elle inclinerait la tête et éviterait mon regard tout le temps. Elle avait plus de cran que je ne l'aurais imaginé.

La laissant faire ses affaires, je me dirigeai vers le salon de thé et trouvai une table. Elle ne pressa pas ses démarches pour me rejoindre. Il lui fallut quarante-cinq minutes pour arriver, et à ce moment-là, j'étais un peu énervé. Il y avait une limite au temps pendant lequel je pouvais rester immobile avec mes points de suture qui commençaient à me démanger.

« Monsieur Ricci », dit-elle avec une humble révérence.

Tout chez elle était poli. Tout sauf ses actions.

« Tu es maintenant ma sœur. Tu peux m'appeler Dante.

— Très bien, Dante. »

Elle est restée debout jusqu'à ce que je me lève et tire sa chaise. Elle finit par s'asseoir calmement me fixant jusqu'à ce que j'appelle le serveur pour qu'elle puisse commander. Elle n'était pas ce à quoi je m'attendais.

« Alors, ton frère, quel est son problème ?

— Vous devrez être plus précis, dit-elle sans jamais me quitter des yeux.

— Ton père l'a envoyé pour me tuer, ou quoi ?

— Ça, c'est quelque chose que vous devrez voir avec Kuroi ou mon père. »

— D'accord, répondis-je sans savoir ce que je devais demander. Écoute, tu connais bien ton frère.

— Je le connais bien.

— Et tu connais sa réputation.

— Je ne suis pas sûre de comprendre de quelle réputation vous parlez.

— Celle de Veuve Noire. » Yuki sembla soudain mal à l'aise.

« Tu sais, celle qui dit que tous ses amants finissent morts. »

Elle me fixait sans répondre.

« Quoi qu'il en soit, tu sais à quoi je fais référence. Mais tu sais aussi que, quel que soit les conneries dont il s'en est tiré dans le passé, il ne s'en sortira pas comme ça avec moi.

— Si c'est le cas, pourquoi êtes-vous ici ? »

Je la fixai de retour sans fléchir et relâchai ma colère avec un petit rire.

« Écoute, malgré le fait que j'ai été… comment dire ça… surpris par notre mariage, je veux que ça fonctionne. Au moins, je ne veux pas avoir à le tuer et je ne veux pas me réveiller au milieu de la nuit avec un couteau dans la gorge.

— Ou ne pas vous réveiller du tout, ajouta-t-elle.

— Exactement. Donc, je te serais reconnaissant de tout ce que tu pourrais me dire sur comment m'y prendre avec lui ou quel est son problème. »

Yuki ne dit rien pendant un moment. Je connaissais cette technique de négociation. Celui qui parlait ensuite avait perdu. Ce ne serait pas moi. Mais, sentant la pression, je fus tenté de le faire.

« Connaissez-vous la période Edo au Japon, Monsieur Ricci ? »

Je ris. « Non, peut-être que j'ai manqué ce jour-là en cours d'histoire. Et appelle-moi Dante. »

« Eh bien, Dante, la période Edo a été popularisée par la fascination de l'Amérique pour les samouraïs.

— Ah, d'accord. Oui. C'est l'époque des samouraïs, des ninjas et tout ça. Et alors ?

— On attendait des samouraïs qu'ils préservent leur honneur par-dessus tout. Mais visiter un bordel était considéré comme inférieur à leur rang. Cependant, ce qui était vu comme un symbole de statut était d'avoir un kagema.

— Un kagema ?

— Un kagema était un garçon qui n'avait pas encore perdu la beauté de sa jeunesse. C'est avec eux que les

samouraïs développaient une relation de mentor /
apprenti.

　　— D'accord, dis-je, incertain de la direction que
cette conversation prenait. Et quel est le rapport avec
Kuroi ?

　　— Notre père a ordonné que Kuroi soit un
kagema. »

　　Je me penchai pour essayer de mieux comprendre
ce que Yuki disait.

　　« Sato a fait de Kuroi l'un de ces… comment
vous appelez ça ?

— Kagema.

　　— Et qu'est-ce que ça impliquait d'être un
kagema ? »

Ce n'est qu'à ce moment-là que Yuki finit par baisser les
yeux.

　　« Oh putain ! Ta saloperie de père a transformé
son propre fils en prostitué ?

　　— N'est-ce pas ce qu'il est pour vous ? Et
n'aurais-je pas été la même chose pour vous si Kuroi
n'avait pas eu l'honneur de recevoir ta main en mariage ?
»

　　Je restai figé sur place. « Ça n'a rien à voir. Que
je l'aie voulu ou non, nous sommes mariés. Ce n'est
aucunement une situation de mentor / apprenti tordue. »

　　Yuki prit une gorgée de son thé.

　　« Blanc bonnet et bonnet blanc.

— OK, bon, ce genre de merde ne passe pas ici. Si Kuroi ne veut pas être avec moi, il peut prendre ses affaires et foutre le camp. Rien ne l'en empêche.

— Et pourtant, il reste, signala-t-elle.

— Oui. Il reste », acquiesçai-je, méditant ses paroles.

Pourquoi restait-il ? Qui étais-je pour lui ? J'avais entendu ce que Yuki avait expliqué, mais ce truc de kagema ne pouvait pas être ce à quoi je pensais. Même Sato ne pouvait pas faire ça à son propre fils. Yuki devait se tromper. Elle avait clairement des idées tordues sur le mariage.

Mais d'un autre côté, qu'est-ce que cela dirait de Kuroi si c'était vrai ? Non, je n'y croyais pas. Yuki ne savait pas de quoi elle parlait. Je devais juste me concentrer sur ce pourquoi j'étais là.

« Comment puis-je empêcher Kuroi de me tuer ? » demandai-je sans détour.

Yuki prit d'autres gorgées, laissant le silence s'étirer. Je commençai à croire qu'elle avait fini de parler quand elle a proposé.

« Kuroi a toujours répondu à une main ferme.

— Une main ferme ?

— Kuroi doit connaître sa place.

— Sa place ?

— Mi no hodo wo shiru. Tu sais ce que ça veut dire ?

— Comment veux-tu que je le sache ?

— Ça veut dire, connaître sa place, c'est se connaître soi-même. Kuroi ne connaît pas encore sa place dans ce monde. Peut-être qu'avec une main forte, comme la tienne, il la trouvera. »

Qu'est-ce que cela signifiait ? Une main forte comme la mienne ? S'elle faisait référence à ce que je pensais, c'était peut-être l'une des choses les plus tordues que j'aie jamais entendues.

Sans le regard de Kuroi quand j'avais mes mains autour de son cou, j'aurais rejeté l'idée. Avait-il pris du plaisir lorsque je l'avais serré plus fort ? Pouvait-elle avoir raison ? Était-ce cela que Kuroi recherchait ?

Ce n'était pas une idée saugrenue, étant donné que ses caresses requéraient des points de suture. Mais qu'est-ce exactement qu'une « main ferme » signifiait ?

Connaître sa place, c'est se connaître soi-même. C'était bien japonais d'avoir un proverbe comme ça. En même temps, cela décrivait bien la vie dans une famille telle que la mienne. Nous ne fonctionnions comme une unité efficace que lorsque chacun connaissait et acceptait son rôle en son sein.

Avais-je été tellement déconcerté par le fait que Kuroi était un homme que j'avais négligé mon devoir en tant que chef de notre nouvelle famille ? Avais-je échoué à établir les règles de base qui lui permettraient de savoir qui il était pour moi ? Avait-ce été parce que je ne le savais pas ?

Ce n'était pas mon choix d'épouser Kuroi. Je ne m'étais jamais imaginé avec un mari. Mais maintenant, j'en avais un et il était la chose la plus séduisante de la planète. Donc, ce que Kuroi était pour moi, c'était mon bien. Il était mien.

Si quelqu'un pensait pouvoir lui faire du mal, ou même le regarder de travers, je lui couperais la tête. Si quelqu'un le touchait, je lui briserais la main. Il était sous ma protection à partir de maintenant, jusqu'au jour de ma mort. Et si quelqu'un ne le reconnaissait pas, y compris Kuroi, alors il connaîtrait un réveil brutal.

Yuki ne dit rien d'autre pendant le reste du temps que nous passâmes ensemble. Quand elle eut fini son thé, elle se leva simplement, s'inclina et s'éloigna. C'était moi qui restais dans l'incertitude de ce que j'avais à faire ensuite.

Mais je savais ce que je voulais. Je voulais courir chez moi, attraper mon mari sexy et le baiser sans retenue. Nous n'en étions pas encore là, cependant. Nous n'y serions peut-être jamais. Mais nous étions au bout de quelque chose. Ce soir-là, quelque chose allait céder.

Chapitre 7

Kuroi

Eh bien, cela n'avait pas marché. Je pensais pouvoir être la parfaite épouse, la parfaite Japonaise. Je pensais pouvoir être ma sœur. Et tout ce que je faisais, c'était nettoyer le sang de mon mari sur le sol.

Tant pis. J'imagine que certaines filles ne sont tout simplement pas faites pour la vie conjugale. Cela veut donc dire que je vais mourir seul. Qui aurait pu prévoir cela ? Tout le monde, j'imagine. Je déteste quand les gens ont raison à mon sujet !

Alors, qu'est-ce qui avait mal tourné ? Tant de choses, mais commençons par le commencement. Quand il était rentré pour la première fois chez nous et m'avait trouvée ici, il m'avait regardée étrangement et je l'avais poignardé. Logique, non ?

Ensuite, après avoir passé du temps devant le miroir pour me préparer, je lui avais préparé un dîner pour son retour, et il s'était moqué de moi. Dans ce cas, il l'avait bien cherché, non ? S'il y a un papillon de nuit et une flamme, que puis-je y faire ?

En même temps, je ne pouvais m'empêcher de penser que j'étais en quelque sorte responsable de ce qui s'était passé. Cela semblait absurde, compte tenu des efforts que j'avais déployés. Au-delà de toutes attentes. Pourtant, toutes les personnes pour qui j'avais eu des sentiments avaient fini mortes. À un moment donné, il faut bien se remettre en question.

Aussi impossible que cela puisse paraître, peut-être était-ce de ma faute. Certes, je n'avais jamais commis de faute. Si quelque chose d'extracurriculaire s'était jamais produit avec l'un de mes amants, c'était un papillon de nuit attiré par une flamme, tout comme Dante. Pourtant, je ne pouvais m'empêcher de penser que j'avais peut-être joué un rôle d'une façon ou d'une autre.

Mais peu importait. Ce qui était passé était passé. De l'eau sous les ponts. Tout ce dont je devais m'inquiéter à présent, c'est ce que j'allais préparer à mon mari ce soir. Il ne m'avait jamais dit ce qu'il avait pensé du gratin. Peut-être que c'était trop Midwest américain pour lui. Dante était italien. J'allais peut-être lui faire des spaghettis ce soir.

Fouillant dans ma malle, restée dans le salon, je trouvai la robe parfaite. Très années 1950, campagne italienne. Il faudrait un maquillage parfait pour y arriver. Les sourcils sur le visage blanc devaient crier portabella.

Après avoir passé la majeure partie de la journée à concevoir ma tenue, je passai une autre heure à me prélasser dans le bain à remous de la salle de bain principale. Tout le stress de la journée finit par se dissiper. Revigoré, je me dirigeai vers la coiffeuse que j'avais installée dans la salle de bain de la chambre d'amis et je me mis au travail. Quand j'eus enfin terminé, je me demandai où la journée était passée. Il me restait à peine assez de temps pour commander à manger avant que Dante ne rentre à la maison.

La veille, il m'avait fait attendre toute la soirée. Cela a peut-être été à l'origine de ma réaction complètement justifiée. Aucun texto ou appel disant : « Chéri, je vais être en retard. » Combien de temps avait-il prévu que je reste là ? Je portais des talons.

Mais, c'était ce que faisaient les épouses, non ? Attendre patiemment leurs maris ? J'avais fait ma part. Je m'attendais à ce qu'il fasse la sienne.

Une fois les plats livrés, je trouvai le plat à spaghetti de mon mari et le servis. Après avoir dressé la table, j'attendis que 18 heures sonnent, puis mis mes chaussures. Pour compléter le style champêtre, j'avais choisi des sandales plates. Elles n'étaient pas flatteuses pour mes pieds quelque peu masculins. Mais s'il n'aimait pas, il n'aurait qu'à détourner le regard.

Prenant position sur le bord du plan de travail dans l'espace ouvert, j'avais une vue dégagée sur l'ascenseur. Quand il sonnerait, je prendrais le plat et le spectacle commencerait.

À ma grande surprise, je n'eus pas à attendre longtemps. Cinq minutes plus tard à peine, je l'entendis. Mon mari était de retour. Saisissant le plat et le présentant devant lui, je souris.

Il y avait quelque chose de différent chez Dante lorsqu'il entra cette fois. Ses yeux étaient d'acier. Ils parcourent la pièce à ma recherche. Et une fois qu'il m'eut trouvée, il s'avança vers moi comme un lion en chasse. Je faillis défaillir d'excitation.

Planté devant moi, il jugea ce qu'il voyait. Mon maquillage était parfait. Je n'avais pas un cheveu de travers. J'avais tout bien fait.

« Non, affirma-t-il avec autorité.

— Pardon ? fis-je, surprise par le mot.

— J'ai dit non. »

Je ne savais pas comment répondre. Je n'étais pas sûr de comprendre. Essayait-il de me dire quoi faire ? « Va à la salle de bain et lave-toi le visage », ordonna-t-il.

Quoi ? Était-il le fou ? J'avais passé toute la journée sur mon visage. Je me demandais avec quoi j'allais le blesser quand il répéta.

« J'ai dit, va à la salle de bain et lave-toi le visage, cette fois en insistant sur chaque mot.

— Non », répondis-je, incertaine de ce que chacun de nous ferait ensuite.

Dante inclina la tête, l'air surpris. C'était clairement un homme habitué à obtenir ce qu'il voulait. Mais il allait devoir apprendre que je n'étais pas l'un de ses hommes de main. Et surtout, il ruinait notre moment spécial.

Ignorant tout cela, il se mit à marcher lentement vers moi, sans me quitter des yeux. J'aurais presque pu croire qu'il avait décidé de me dévorer.

« Je t'ai laissé passer tes conneries depuis que tu es ici…

— Tu m'as laissé… ? »

— Je parle ! » coupa-t-il.

Je gardai le silence, ayant déjà été abordé de cette façon mais dans un contexte complètement différent. Quand il fut clair que je ne l'interromprais plus, il reprit.

« Je t'ai laissé passer tes conneries depuis que tu es ici, mais c'est terminé. Dorénavant, tu feras ce que je te dis de faire, et rien de plus. Tu comprends ? »

J'étais… décontenancé. En l'écoutant parler, je sentis une vague de chaleur me traverser. C'était grisant.

« Et si je ne le fais pas ? » répliquai-je d'un air de défi.

Il me fixait sans ciller.

« Alors tu seras puni. »

Mon souffle s'était interrompu. Mon cœur battait à tout rompre.

« J'aimerais voir ça. »

Dante recula, contenant sa rage. La peur et l'excitation se livraient bataille en moi. S'étant redressé, il vint se poster à quelques centimètres de moi et du plat de spaghetti. Je pouvais sentir sa chaleur. C'était enivrant.

« Kuroi, commença-t-il d'une voix grave, va à la salle de bain et lave-toi le visage. »

Je tremblais, à peine capable de me contenir. Il me fallut ouvrir la bouche pour respirer. M'accrochant au plat, prêt à me défendre, j'inspirai et murmurai : « Non. »

Il ne répondit pas mais la colère pulsait de lui. Quand il finit par bouger, je réalisé que je n'étais pas préparé pour son coup. J'anticipai son impact, mais il ne vint jamais. Au lieu de me frapper, il se dirigea vers la cuisine en me tournant le dos.

Sous mes yeux, il sortit une cuillère en bois du tiroir à ustensiles et tira la chaise qui était en bout de table. S'étant assis, il plongea son regard dans le mien. « Viens ici. »

J'ouvris la bouche pour protester. Il m'en empêcha.
« Maintenant ! »

Que pouvais-je faire ? Je l'avais entendu. Je devais venir à lui. Alors, déposant le plat sur le comptoir, je me dirigeai vers lui. Debout à ses pieds, je tremblais comme un écolier.

« Assieds-toi. Sur mes genoux. »

Oh mon dieu. Mon cœur battait la chamade. Ma tête tournait. Je luttais pour résister mais ne pouvais pas. M'étant assis sur lui, je me penchai, mon ventre sur ses jambes.

Quand le premier coup tomba, ma peau s'électrisa. Mon corps fourmilla. Quand l'onde de choc m'eut traversé, une brûlure s'étendait sur mes fesses, me coupant le souffle.

Le deuxième fut plus intense. Le troisième me fit gémir.

« Ah », fis-je. Il n'avait pas retenu ses coups. Sa puissance m'avait affaibli aux genoux. Alors quand il m'ordonna de me relever, je me demandai si j'y parviendrais.

Déglutissant alors que la chaleur s'étendait autour de mon cou, je frémis en sentant la brûlure de ses coups s'étendre. Luttant pour me lever, je baissai les yeux vers lui. Sa colère avait disparu, mais son visage n'en reflétait rien.

« Maintenant, va à la salle de bain te laver le visage. Une fois que ce sera fait, nous nous pourrons savourer le repas que tu as préparé. »

Sans un mot, j'ai fait ce qu'il avait commandé. Je ne voulais pas effacer les heures de travail que j'avais accomplies, mais j'étais obligé de faire ce qu'il disait. Je ne pouvais pas m'en empêcher. Ou peut-être était-ce que je ne voulais pas m'en empêcher.

Les yeux fixés sur le miroir, je pris une respiration et attrapai une serviette. J'effaçai lentement les couches, et ce qui se révélait en dessous était brûlé et laid. J'ai détourné le regard. J'avais fait ce qu'il avait commandé. Il ne restait plus qu'à revenir vers lui.

Me souvenant de la force dans sa voix, je pris une autre respiration et fis ce qu'il avait ordonné. Je sortis de la salle de bain pour retourner dans le salon. Incapable de lever les yeux, je m'approchai de la table, où je le trouvait assis. Récupérant le plat de spaghetti, je le posai devant lui et pris place à ses côtés.

Toujours incapable de croiser son regard, je l'écoutai se servir. Quand il eut fini, je savais que c'était à mon tour mais je ne bougeai pas. Je ne pouvais pas le regarder. Je ne pouvais pas me lever. Tout ce que je pouvais faire, c'était de rester là docilement. Ce n'était pas moi. Et pourtant…

« Kuroi », dit Dante attirant mon attention.

Je me tournai vers lui sans croiser son regard.
« Regarde-moi », dit-il doucement. Comme je ne le faisais pas, il répéta avec autorité. « Regarde-moi ! »

Je m'exécutai. Ses yeux étaient différents. Plus doux, peut-être. Peut-être gentils.
« Je ne veux pas que tu penses que je n'aime pas ton maquillage et tes robes. Crois-moi, j'aime. Tu es magnifique.

— Ce n'est pas vrai, » dis-je, incapable de soutenir son regard.

S'appuyant à la table, il prit mon menton entre ses doigts. Son contact me fit frissonner de plaisir. Levant mon menton, je le dévisageai.

« J'ai dit, crois-moi. Tu l'es.

— Alors, pourquoi ? »

Dante lâcha mon menton et cette fois se mit à regarder ailleurs. Il observa le contenu de son assiette puis, l'air vulnérable, releva les yeux vers moi.

« Parce que nous sommes mariés depuis trois jours et que je ne sais même pas à quoi ressemble vraiment mon mari. J'aimerais le rencontrer.

— Tu seras déçu.

— Laisse-moi en juger. Tu es d'accord ? »

Je ne répondis pas. Il prit ça pour un oui.

« Bien. Et sache que, pour l'instant, j'aime ce que je vois, » dit-il avec un sourire.

Il avait souri. Mon mari m'avait souri. Pourquoi ? Qu'est-ce que ça signifiait ? La seule chose ce que je savais, c'est que j'aimais ça. Je n'aurais pas dû, compte tenu du fait qu'il était clairement mauvais juge de caractère. Mais il était… adorable.

« Maintenant, dit Dante, l'air plus détendu, veux-tu te joindre à moi pour ce délicieux repas que tu as préparé ? »

Je fus tenté de lui dire que je l'avais commandé, mais pourquoi gâcher le moment ? M'étant servi, je finis par réaliser que je n'avais pas été au bout de ma réflexion. Je détestais les spaghettis. Vraiment. Et je me demandais si me forcer à manger quelque chose que je n'aimais pas était ma faute aussi.

Notre repas se poursuivit en silence et se termina tout aussi tranquillement. Après avoir débarrassé la table comme une fée du logis, je revins à ma place sachant que notre première vraie conversation n'était pas terminée.

« Tes affaires sont toujours dans le salon, finit-il par dire en regardant mes malles.

— Je ne savais pas où les mettre, admis-je, ressentant un peu honteux.

— Je vois, dit-il pensivement. Tu peux les mettre dans la chambre d'ami. Tu peux t'y installer et la considérer comme la tienne.

— Non, répondis-je sans l'ombre d'une hésitation.

— Non ?

— Non, répétai-je tout naturellement.

— Pourquoi pas ?

— Parce que je suis ton mari. Et en tant que tel, je dois partager ton lit.

— Non ! » répliqua-t-il sèchement. Ce fut assez dur pour que je pense que cela mènerait à une nouvelle dispute. Mais il finit par baisser les yeux. « Écoute, tu dois comprendre que tout ça est nouveau pour moi. Je n'avais pas prévu d'être marié avec toi.

— Tu pensais que ce serait Yuki, » dis-je énonçant l'évidence.

Il hocha la tête sans répondre.

« Peu importe ce que je pensais. Je ne m'y attendais juste pas. Je ne dis pas que ce n'est pas bien ou que je ne vais pas m'y habituer. J'ai juste besoin d'un peu de temps.

— Je comprends. Tu peux un moment. » Je m'interrompis. « Moment terminé. »

Dante me regarda et rit.

« Tu as tes règles. J'ai les miennes. Si je dois être marié, alors que, comme toi, je n'ai pas eu le choix, je partagerai le lit de mon mari.

— Tu ne voulais pas? dit Dante en s'adoucissant un peu.

— Si je voulais me marier avec un parfait inconnu et porter ses enfants ?

— Manifestement, Sato a oublié de te dire certaines choses sur les petites graines, dit-il sur le ton de la plaisanterie.

— La réponse est non, je ne voulais pas. J'ai été obligé tout comme toi. »

Le regard de Dante était à présent empreint de déception. Ce qui me surprit.

« Alors, qu'est-ce qu'on fait à ? demanda-t-il. Je laissai la question en suspens.

— Un compromis, » suggérai-je.

Dante me regarda, l'air intrigué.

« C'est-à-dire?

— Nous accomplissons nos devoirs envers notre famille et notre mariage, répondis-je en souriant.

— Et où est le compromis là-dedans ? demanda-t-il, l'air

amusé.

— Tu ne le vois pas ? » dis-je en riant.

Dante se mit à rire à son tour. C'était un beau rire. Qui vint m'emplir de chaleur.

« Je ne vois pas.

— Très bien. Le compromis est que, le temps que tu t'habitues à ça, je ne passerai qu'un certain nombre de nuits par semaine dans ton lit.

— Une nuit.

— Sept, » contrai-je.

Dante se remit à rire.

« Trois.

— Quatre, » négociai-je.

Il me regardait à présent avec un sourire espiègle. Cela faisait du bien.

« D'accord, quatre. Mais ma règle reste inchangée. Tu dois faire ce que je te dis de faire quand je te le dis. »

J'étais offensée. « Sinon quoi ? »

— Sinon, tu seras puni encore. »

Sa suggestion fit courir sur moi des frissons qui me rendirent complétement euphorique.

« Tu me menaces de passer de bons moments ?

— Je suis sérieux.

— Moi aussi ».

Nous nous regardâmes dans les yeux. Je commençais à voir quelque chose émerger en lui. Cela m'excitait. Allait-il me punir régulièrement ?

« Si tu ne suis pas mes règles, je te punirai, confirma-t-il d'une voix suggestive.

— Et que se passera-t-il si je suis tes règles ?

— Je te punirai encore plus, » répondit-il avec un sourire diabolique.

Mon sexe s'était tendu, dur comme de la roche. La chaleur persistante de sa fessée s'étant évanouie, j'en voulais plus. Mais à ma grande surprise, je me retins. Qui eût cru que j'en étais capable ? Mais je voyais bien que nous étions au beau milieu d'une négociation délicate. Et il y avait encore une chose à discuter.

« Alors, où dois-je mettre mes affaires ? »

Dante prit le temps de réfléchir.

« Et, si je te redisais dans la chambre d'ami ?

— Je te répondrais toujours non, dis-je en souriant.

— D'accord. Tu peux les mettre dans ma chambre.

— Notre chambre, rectifiai-je.

— Nous verrons.

— Nous verrons. Et est-ce que je t'ai dit que notre première nuit ensemble aura lieu ce soir. »

Je n'aurais su dire si ce fut la panique ou le plaisir qui prit le dessus sur Dante.

« Tu as bien dit juste le même lit, hein ? C'est tout ? demanda-t-il.

— Nous verrons, répondis-je dit avec un sourire.

— Kuroi !

— D'accord. J'espère n'avoir rien dit qui me vaudra d'être puni, dis-je d'une voix espiègle.

— J'ai commis une erreur, n'est-ce pas ?
plaisanta-t-il.

— Pas de mon point de vue, » répondis-je dit en voyant
pour la première fois véritablement mon mari.

Il n'était pas l'homme que je pensais qu'il était.
Je m'attendais à une brute. Je m'attendais à ça de la part
de tous les hommes. Mais était différent. En quoi ? Je ne
pouvais pas mettre le doigt dessus. Mais il l'était.

« Pourquoi ne te prépares-tu pas pour te coucher.
Je serai là dans un instant, lui dis-je.

— Ne te presse pas. J'ai besoin de prendre une douche. »
Je hochai la tête. « N'hésite pas à me demander mon aide
si tu en as besoin, » lui dis-je dit en souriant.
Il porta sur moi un regard sceptique.

« Pour te déshabiller, » clarifiai-je.
Il arborait désormais un air soupçonneux.
« À cause de tes points de suture !

— Ah oui. Mes points de suture, » répéta-t-il d'un air
dubitatif.
Il n'avait pas tort de touer.

Attendant un temps respectueux, je finis par me
diriger vers sa chambre. En entrant, j'y trouvai la porte
de la salle de bain ouverte. En m'approchant, je le vis
torse nu dans un pantalon de survêtement. Qui présentait
un renflement. Je ne pouvais à présent plus en détacher
mon regard. Mon pouls s'accéléra alors que j'imaginais
ce renflement pressé contre moi.

« Tu dors avec ça ? » demanda-t-il, me ramenant à la réalité.

Je baissai les yeux sur ma robe. Une partie de moi se sentit de la porter. C'était comme si je marchais en dehors de la scène avec mon costume toujours sur moi.

« Non. Peux-tu m'aider avec la fermeture éclair ?

— Oui », dit-il s'approchant lentement de moi.

Quand je sentis la chaleur près de moi, j'inspirai son odeur et me retournai. J'attendis le contact de ses doigts, et quand il vint, il me donna des frissons partout. Touchant mon cou du bout de ses doigts alors qu'il agrippait le haut de ma robe, il fit lentement descendre la fermeture. Quand il eut fini, le dos de sa main effleura mes fesses. Était-ce volontaire ?

Sentant le rouge me monter aux joues, je me retournai, laissant très peu d'espace entre nous. Il ne bougeait pas. Moi non plus. Abaissant les manches sur mes épaules, je laissai tomber la robe.

Toujours à quelques centimètres de lui, je plongeai mon regard dans le sien et lui montrai subtilement mon cou. Je voulais qu'il le désire. Mais il ne bougea pas. Alors, je me débarrassa entièrement de ma robe, lui offrant une vue imprenable sur ma culotte en dentelle rose.

« Es-tu prêt pour aller te coucher ? demandai-je en me tournant pour lui montrer mes fesses rondes.

— Tu me fais douter de tout, répondit-il.

— Tu n'as pas à douter de moi, » lui dis-je avant de me

mettre au lit et de m'installer sur un oreiller, les yeux plongés dans ses yeux.

Ayant terminé mon show, je le regardai sortir de la salle de bain. Il n'y eut pas de blabla. Il n'y en avait pas besoin. Le renflement croissant disait tout, et rien qu'en le voyant, j'avais des frissons.

S'étant assis de son côté du lit, il éteignit la lumière et se glissa entre les draps. Pendant un moment, tout fut très sombre. Je le sentais à côté de moi. Fixant le plafond, je me demandais ce que je devais faire ensuite. Je voulais le tester. Je voulais sentir le renflement.

Mais ne cherchait-il pas lui aussi à me tester ? Il avait demandé que rien ne se passe entre nous. Du moins, pas ce soir. J'étais capable de le faire. Je veux dire, je pouvais à peu près le faire.

Mais tout en moi criait de me retourner, glisser sa grosse bite dans ma bouche et l'attirer au fond de ma gorge. Je n'allais pas le faire. Pas ce soir. Cela me tuerait de l'avoir si près de moi, mais je lui prouverais qu'il pouvait me faire confiance.

Évidemment, il ne pouvait me faire confiance que jusqu'à un certain point, parce que je ne pouvais pas non plus ne rien faire avec lui à côté de moi. À inspirer son léger parfum imprégnant les draps et l'oreiller, j'étais aussi dur que je pouvais l'être. J'avais besoin d'au moins le toucher. Alors, faisant mon show pour lui faire savoir que je venais, je me retournai sur le côté, glissai mon bras autour de son torse et le cajolai.

Mon sexe dur trouva son cul. Il s'inséra parfaitement dans le fossé. Pour cette nuit, ce serait suffisant. Pressant ma poitrine contre son dos, je posai ma joue sur son épaule. Cela faisait tellement de bien. Mais hélas, je ne pouvais rien faire de plus pour ne pas briser complètement sa confiance.

Cela ne dura pas, mais ce ne fut pas de mon fait. Après quelques courtes minutes, Dante me repoussa en essayant de se retourner. Je m'éloignai, déçu… jusqu'à ce qu'il continue de rouler pour inverser nos positions.

Ses grandes mains se plaquèrent sur ma poitrine. Sa bite dure se pressa contre mes fesses. Et son souffle chaud se répandit dans mon cou, m'excitant plus que je ne l'avais jamais été dans ma vie.

Était-ce la sensation de sécurité dont on parle ? En y songeant, je me suis doucement endormi.

Chapitre 8

Dante

En me réveillant les bras enroulés autour de l'homme le plus beau que j'aie jamais vu, tout ce à quoi je pouvais penser était : « Qu'est-ce que je suis en train de faire ? » Ce n'était pas moi. Oui, j'avais déjà été avec quelques hommes. Mais je ne me réveillais pas avec eux dans mes bras.

Ils connaissaient tous la règle quand ils venaient chez moi. C'était une satisfaction rapide, puis la porte. Il n'y avait pas de sentiments. Nous satisfaisions juste une envie. Ils étaient là pour avoir ce dont nous avions besoin tous les deux jusqu'à la prochaine fois.

Pourtant, j'étais là, à tenir Kuroi sans vouloir le lâcher. Il fallait que je me détache, cependant. Je ne pouvais pas perdre pied dans ce qui se passait. J'avais un travail qui nécessitait toute mon attention. Un instant d'inattention… et c'est là que vous terminez mort.

Pourtant, l'homme avec lequel j'étais cette fois-ci était mon mari. Jusqu'à ce que la mort nous sépare. Oui.

Il ne partirait pas. Je devais imaginer une nouvelle vie avec lui.

Est-ce que cette nouvelle vie allait régulièrement inclure de le prendre sur mes genoux pour le fesser à coups de cuillère en bois ? En tout cas je l'espérais. Je n'avais jamais été aussi excité de toute ma vie. Je ne savais pas pourquoi. Je ne pouvais pas l'expliquer. Mais l'entendre réagir à chaque coup avait mis en éveil tous mes sens.

Dans un monde où tout le monde ment en te disant ce qu'il pense que tu veux entendre, il n'y a rien en quoi tu puisses croire. Mais la douleur est réelle. Le corps a ses limites. Au-delà d'un certain seuil, personne ne peut feindre.

Avec ses tenues excentriques et ses commentaires délirants, je ne savais pas ce qui était réel chez Kuroi. Mais quand je me déchaînais sur son derrière et qu'il poussait un cri, je savais que je l'avais trouvé. À ce moment-là, j'aurais pu le déshabiller et le baiser sur-le-champ.

C'est probablement pour cela que j'avais accepté qu'il s'installe dans ma chambre. J'aurais accepté n'importe quoi de sa part quand il me regardait de cette façon. Mais je ne pouvais pas me montrer aussi faible devant lui.

Son putain de corps était une drogue. Il m'en fallait toujours plus. À présent encore, il me fallait me faire violence pour ne pas pousser mon sexe palpitant dans son cul.

La sensation de son corps mince entre mes bras. L'odeur d'agrumes de ses cheveux. Il était un aphrodisiaque ambulant. Je devais le garder à une distance sûre. Si je perdais de vue mes priorités un seule seconde, qu'allais-je devenir ?

J'étais prêt à rester là allongé toute la matinée, désirant quelque chose de lui que je ne pouvais pas avoir. Mais il finit par se tortiller pour s'écarter contre moi. Je le serrai plus fort. Ce qui ne changea qu'une chose. Ses fesses fermes étaient désormais pressées contre mon sexe dur.

Je me figeai, le désirant et sachant que je ne pouvais pas l'avoir. Alors, quand il bougea son cul, m'invitant à entrer, je finis par le libérer et sortis du lit d'un bond.

« Où vas-tu ? demanda-t-il d'une voix rauque.

— Je dois me préparer pour le travail répondis-je, me dirigeant vers la salle de bain sans me retourner.

— Je veux venir », dit-il d'une voix plus douce.

Je m'arrêtai et le regardai. C'était la première fois qu'il me demandait si gentiment quelque chose. Bordel, comment étais-je censé refuser, surtout avec ses grands yeux magnifiques qui me regardaient ainsi ?

« Je ne pense pas que ce soit une bonne idée, dis-je, sans conviction.

— Est-ce parce que tu as honte d'être marié avec moi ? Tu penses que je t'embarrasserais ? »

Je me mis sur la défensive.

« Je n'ai pas honte de toi. Je me fiche de ce qu'on peut en dire. Tu es mon mari et si quelqu'un a un problème avec ça, il trouvera mon poing au fond de sa gorge.

— Alors, pourquoi je ne peux pas venir ?

— C'est juste que…

— Est-ce à cause des robes ? Je sais me montrer professionnel.

— Ce n'est pas à cause des robes. »

C'était un peu à cause des robes. Ne vous y méprenez pas, je les adorais. Et je ne savais pas que c'était quelque chose qui pouvait m'exciter jusqu'à ce que je le voie dans sa robe de mariée.

Mais je n'étais pas sûr de la façon dont ses robes et son maquillage élaboré passeraient auprès de la famille, d'autant que, si Matteo avait tenté de me tuer, cela avait dû être sur ordre de notre père. Et si Papa avait donné cet ordre, ça avait dû être pour avoir laissé Sato humilier la famille en me mariant à son fils.

« Alors, pourquoi ne puis-je pas venir ?

— Je n'ai pas dit que tu ne pouvais pas. Je pense juste que ce n'est pas une bonne idée pour le moment, lui dis-je avant de me réfugier dans la salle de bain et de fermer la porte. En plus, tu ne dois pas passer la journée à déballer tes affaires ?» criai-je en fixant le menteur qui me faisait face dans le miroir.

— Je n'ai pas tant de choses que ça.

— Quand même. Peut-être que ce n'est pas une bonne idée pour le moment. »

Ce fut là-dessus que nous nous quittâmes. Une fois habillé, je passai devant lui alors qu'il m'observait du lit, mais il n'insista pas. Et quand je lui dis en partant que j'allais travailler et que je le reverrais ce soir, il me sembla que nous avions résolu notre premier désaccord. Peut-être que le mariage avec lui ne serait pas aussi difficile que je l'avais pensé.

Arrivant au travail plus tôt que d'habitude, je pris un moment pour apprécier le calme. Toute cette situation était une vraie pagaille. Et je ne parlais pas seulement du tueur avec lequel je partageais mon lit. Il y avait quelqu'un d'autre qui essayait de me tuer. Cette personne pouvait être mon frère.

Quand mon assistant entra pour me donner le courrier, je me reconcentrai sur ce que je devais faire ce jour-là. L'un des changements que j'avais apportés au fonctionnement de mon père était de traiter l'entreprise de manière plus professionnelle. Nous étions bien au-delà de l'époque où tenir deux livres de comptabilité était suffisant. À présent, nous blanchissions de l'argent en investissant dans l'immobilier et les crypto monnaies. Les retombées générées par nos investissements étaient infinies.

Tout avait besoin de mon approbation et de ma signature. En plus de cela, je devais m'assurer que l'entreprise bénéficiait de ma nouvelle connexion avec les Yakuza. Si je voulais que mon père accepte mon mariage et n'essaie pas de me tuer, il devait voir les avantages que représentait ma relation avec Kuroi.

« Tu as une minute ? demanda Lorenzo devant la porte ouverte de mon bureau.

— Qu'est-ce qui se passe ? » répondis-je en l'invitant à entrer.

Fermant la porte derrière lui, Lorenzo entra et s'assit sur la chaise de l'autre côté de mon bureau, souriant.

« Tu vas rester là comme un idiot à sourire ou tu as quelque chose à me dire ?

— De nouveaux points de suture hier soir ? »

Je fixai mon frère, me demandant ce qu'il avait en tête. C'est lui qui m'avait recousu la dernière fois que j'en avais eu besoin. Donc, sa question était légitime. Mais ce regard sur son visage… Et combien de questions suivraient ?

M'endormir avec Kuroi dans les bras avait été l'une des meilleures sensations de ma vie. Le serrer contre moi me faisait vraiment de l'effet. Mais Lorenzo avait-il besoin de connaître cette partie de ma vie ? J'étais son grand frère et le chef de cette famille. Je ne voulais pas qu'il me voie autrement.

Non, pour l'instant, ma vie avec Kuroi resterait entre lui et moi. Personne d'autre n'avait besoin de savoir ni de voir quoi que ce soit. Tout ce qu'ils devaient savoir, c'était que la famille Ricci et les Yakuza étaient sur la même longueur d'ondes. Il n'y avait pas de fossé entre nous.

« Aucun point de suture. Disons-le comme ça.

— Super, répondit Lorenzo en reprenant une mine plus sérieuse. Il y a une autre chose dont nous n'avons pas parlé.

— Ah ouais ? Quoi ?

— Qui a essayé de te tuer. »

Il avait raison. Nous n'en avions pas parlé depuis que l'on s'était rendu compte que Matteo était le seul capable de me tirer dans le cou pendant que je conduisais.

Lorenzo reprit : « Dois-je vraiment être celui qui énonce les faits ?

— De quoi parles-tu

— Pa aurait pu engager un tueur pour toi.

— On ne peut pas le savoir.

— On ne peut rien savoir. Mais on sait qui pourrait t'avoir tiré dans le cou si c'est bien ce qui s'est passé. Et on sait que tu lui as donné une raison de signer ton arrêt de mort.

— Écoute Lorenzo, je sais que tu as des problèmes avec Papa. Mais qu'il ait commandité le meurtre de son propre fils ? Allons…

— Qu'en est-il d'Oncle Vinny ? »

Oncle Vinny était comme le croque-mitaine nous étions enfants. La légende disait qu'il avait défié mon père, pensant qu'il pouvait prendre la tête de la famille, et que notre père avait mis un contrat sur sa tête.

Aucun de nous n'avait jamais pu le confirmer parce qu'il était retourné en Italie après ça, et les seules fois où nous avions de ses nouvelles, c'était à Noël. Il appelait pour parler à papa et papa refusait toujours.

« Nous ne savons pas ce qui s'est passé entre eux. Ça pourrait être n'importe quoi », dis-je à Lorenzo.

Mon frère me regarda, l'air désorienté.

« Pourquoi tu prends sa défense tout à coup ?

— Je ne prends pas sa défense. Tu l'accuses d'avoir commandité le meurtre de son propre fils et j'essaie de porter sur les choses un regard logique. »

— Tu le défends. Après l'enfer qu'il nous a fait subir quand nous étions petits.

— Il nous a élevés pour survivre. On ne prépare pas un lion pour une vie à la plage.

— Qu'est-ce que tu racontes, Dante ? »

Ouais, Lorenzo avait raison. Je trouvais des excuses pour la façon merdique dont il nous avait traités quand nous étions enfants. Je pouvais comprendre pourquoi Matteo le faisait. Mais après tout ce qui s'était passé, pourquoi moi je le faisais ?

« Je dis juste que la façon dont il nous a élevés a fait de nous les hommes que nous sommes aujourd'hui.

— Ouais. Des hommes qui se demandent si leur frère a essayé de te tuer. »

J'étais sur le point de trouver une autre excuse pour notre père. Je l'avais sur le bout des lèvres quand mon téléphone se mit à vibrer.

« Il y a quelqu'un qui arrive. Je n'ai pas pu l'arrêter », dit Silvie, et je tendis immédiatement la main vers mon arme.

Mais avant même de l'avoir atteint, je vis la porte de mon bureau s'ouvrir brusquement. La panique dans la voix de Silvie m'avait dit tout ce que je pensais devoir savoir. Mon cœur manqua un battement, attendant une balle.

Mais alors que j'avais le doigt accroché à la gâchette, je vis apparaître un visage familier. Dans l'embrasure de la porte, il me regarda en plissant les yeux.

« C'est une arme dans ta main ? Ou es-tu juste heureux de me voir ?

— Kuroi ? Qu'est-ce que tu fais ici ? demandai-je, avec une panique qui avait changé de nature.

— Un jeune homme ne peut-il pas venir voir où travaille son nouvel époux ? demanda-t-il en entrant et fermant la porte derrière lui.

— Je pensais qu'on s'était mis d'accord…

— Nous n'avons rien convenu. J'ai dit que je voulais voir où tu travaillais et me voilà. Et, chéri, il vaudrait mieux que tu retires ta main de cette arme avant que je ne m'offusque. »

Kuroi était flamboyant et joueur, mais je ne me laissais pas berner. Je savais de quoi il était capable, alors je laissais tomber l'arme.

« Bien, dit-il avant de se tourner vers Lorenzo surpris. Tu étais à notre mariage, n'est-ce pas ? Tu es l'un des frères ? » Kuroi se tourna vers moi. « J'en ai tellement maintenant. C'est dur de s'y retrouver.

— Ouais. J'étais au mariage. Lorenzo », dit-il en lui tendant la main avec un sourire trop amical.

Voir le sourire de Lorenzo et la façon dont Kuroi lui rendait son regard me donnait envie de bondir par-dessus le bureau et de déchirer la gorge de mon frère.

« Kuroi. Enchanté, dit-il, flirtant avec mon frère.

— Sérieusement, Kuroi, que fais-tu ici ? » dis-je, réclamant l'attention de mon mari qui flirtait avant que quelqu'un ne retrouve blessé.

— Je te l'avais bien dit… répondit-il d'un air enjoué.

— Moi aussi je te l'avais bien dit.

— Et pourtant, suis là », répliqua-t-il avant de prendre le siège près de la fenêtre. Je vous en prie, poursuivez. Je voulais juste voir mon homme en action. »

Il devait savoir que cela m'énervait, non ? Il avait délibérément désobéi à mon ordre. Il devait savoir que je le punirais pour ça. Mais peut-être était-ce justement le but.

Mon sexe grandissant tressaillit au moment où je songeai à ce que je ferai quand nous serons rentrés à la maison. Premièrement, il était venu ici sans ma permission. Et deuxièmement, il l'avait fait à l'improviste. Mais malheureusement, il ne portait ni robe ni maquillage à ce que je pouvais voir, donc je ne pouvais pas le punir pour ça aussi.

Le costume qu'il portait semblait être un costume féminin, mais putain, qu'il était beau dedans. Veste rayée grise sans boutons attachée, avec les manches retroussées. Et une blouse blanche à col tunisien. Si mon frère n'avait pas été là, je l'aurais baisé rien que pour venir ici habillé comme ça.

« Je, euh, devrais partir, proposa Lorenzo.

— Non, s'il te plaît, reste. Faites comme si je n'étais pas là. »

Lorenzo me regarda pour savoir quoi faire. Je ne savais pas trop. C'était mon mari mais aussi le fils de Sato. En même temps, je n'avais pas le sentiment que Sato lui donnait beaucoup de raisons de se montrer loyal envers lui. Mais les pères connaissent des moyens de rester dans votre tête.

« Faisons comme s'il n'était pas là. Je suis sûr qu'il restera assis là en silence, dis-je en le regardant.

— Je vais me faire petit comme une souris », répondit Kuroi, l'air satisfait.

Lorenzo me regarda, questionnant ma décision.

« Bref, comme je le disais, nous ne pouvons pas sauter à des conclusions hâtives sur la personne qui essaie de me tuer, dis-je pour le bénéfice de Kuroi.

— Quelqu'un essaie de te tuer ? s'écria Kuroi. Qui ? »

Lorenzo me regarda et rit.

« Nous essayons d'éliminer des suspects, expliquai-je.

— Qui est sur la liste ? »

Lorenzo intervint. « Eh bien, la première personne sur la liste, c'est toi.

— C'est absurde. Si je voulais le tuer, il serait déjà mort. Qui d'autre ? »

Lorenzo me regarda interrogativement. Je pris le relais.

« Sato est une autre possibilité.

— C'est possible. Mais la personne la plus probable qu'il enverrait pour le faire serait moi, et encore une fois, tu n'es pas déjà mort. Suivant.

— Comment savons-nous que tu ne joues pas la comédie ? questionna Lorenzo.

— Dante, chéri, dit-il de manière enjouée, ne lui as-tu pas dit à quel point je suis impatient ?

— Non, chéri, je n'ai rien mentionné à propos de toi parce que je garde ma vie privée séparée de mes affaires, dis-je entre mes dents serrées.

— Mais je ne suis pas un coup d'un soir. Je suis ton mari jusqu'à ce que la mort nous sépare, dit-il avec un sourire qui m'aurait fait me pisser dessus si j'avais toujours pensé qu'il avait été envoyé pour me tuer. Alors, qui d'autre ? » reprit-il avec impatience.

Je regardai Lorenzo pour trouver en lui une dernière raison de ne pas lui dire. Mon frère ne me la donna pas.

« Parmi les personnes qui pourraient avoir une raison de se débarrasser de moi, il y a… » Je pris une profonde inspiration avant de l'admettre, « notre père. »

Kuroi prit un air pensif. « Je pourrais le croire.

— Tu pourrais ? Pourquoi ? demandai-je surpris.

— Tu es plus jeune que lui, plus fort que lui, plus intelligent que lui. Tu représentes une menace pour lui.

— Une menace sur quoi ? Je dirige la famille. Sa famille.

— Exactement. Sa famille, et tu la diriges. Cela pourrait engendrer chez lui du ressentiment.

— De là à mettre un contrat sur la tête de son fils ? demandai-je, offensé et choqué.

— À sa place, je le ferais, dit Kuroi.

— Tu ferais tuer ton fils parce qu'il a le contrôle sur l'entreprise familiale ?

— Cela dépendrait.

— De quoi ?

— De si je le lui avais donné ou s'il l'avait pris. S'il l'avait pris et que je n'avais pas été prêt à lâcher prise… » Kuroi fit mine de trancher une gorge.

Lorenzo intervint : « Mais dans ton cas, ce serait plutôt… » Il serra son cœur, feignant une crise cardiaque.

Kuroi regarda Lorenzo avec du feu dans les yeux. Je me préparai. Un regard ne pas tuer mais Kuroi si.

« Ce que mon frère a voulu dire, c'est que ta réputation te précède.

— Oh, merci ! » répondit Kuroi, le prenant comme un compliment. Il se tourna vers Lorenzo. « Et je suis sûr que si quelqu'un se souciait de qui tu étais, ta réputation te précéderait aussi. »

Visiblement vexé, Lorenzo se renfrogna.

« De toute façon, interrompis-je, tu n'es pas notre père. Donc, je ne sais pas à quel point ton avis est pertinent. »

Kuroi se pencha en avant.

« Dis-moi une chose : si ton père voulait envoyer quelqu'un pour te tuer, qui serait-ce ? »

Je regardai encore Lorenzo.

« S'il devait envoyer quelqu'un, la personne la plus probable serait Matteo.

— Le cinglé qui a tué un des hommes de mon père en l'attachant à l'arrière d'une voiture et en le traînant jusqu'à ce qu'il meure ?

— Oui. Notre frère, Matteo.

— Et il le tuerait. »

Lorenzo se mit à rire. Je me demandai pourquoi.

« Tu ne peux pas le savoir, dis-je de manière méprisante.

— Je dis qu'il est capable de te tuer. Je n'ai pas dit qu'il avait essayé. »

Les yeux de Lorenzo ne cessaient de passer de moi à Kuroi. « Donc, nous allons ignorer le fait que tous ses amants sont morts d'une crise cardiaque, et que toi, tu aurais pu en avoir une aussi avant l'accident ?

— C'est une crise cardiaque qui a causé ton accident ? demanda Kuroi, l'air surpris.

— Je n'ai pas eu de crise cardiaque ! Ni d'attaque de panique. Ni quoi que ce soit d'autre !

— Alors pourquoi as-tu percuté un arbre ? demanda Kuroi sur un ton préoccupé.

— J'ai ressenti une piqûre dans mon cou juste avant de perdre connaissance. L'hypothèse la plus probable est que quelqu'un m'a tiré dessus.

— Je parie que c'est parce que la seule personne que tu connaisses capable de réussir ce tir, c'est ton frère, Matteo ? »

Je regardai Lorenzo, cherchant chez lui une issue de secours. Je n'en trouvai pas.

« Oui.

— Je peux vérifier pour vous ? dit Kuroi avec désinvolture.

— Quoi ?

— Mettez-moi dans la même pièce que lui. Je vérifierai si c'est lui qui a essayé de te tuer.

— Tu ne vas pas torturer mon frère ! dis-je dans un élan de rage protectrice.

— Putain, calme-toi. Je n'ai jamais parlé de torturer qui que ce soit. J'ai juste besoin de lui parler. Où pouvons-nous le faire ? » demanda-t-il avec enthousiasme.

Kuroi paraissait à la fois sérieux et enthousiaste. Qu'est-ce qui lui faisait croire qu'il pouvait déterminer ça ? Bien sûr, Matteo n'était pas la personne la plus sophistiquée que je connaissais, mais mon frère savait comment le faire taire.

Comme je ne répondais pas, Kuroi ajouta : « Allez, mets-moi dans la même pièce que lui. Je le découvrirai pour toi. »

Comme Lorenzo et moi restâmes silencieux, il reprit : « Tu es mon mari. Nous finirons par nous retrouver ensemble dans la même pièce à un moment donné. Donc, tôt ou tard, ça va se produire. Et si ça se produit après qu'il t'ait tué, je devrais le tuer.

— Vas-y, Dante, tu épargneras deux vies, » dit Lorenzo d'un air amusé.

Je me penchais en arrière sur ma chaise de bureau et réfléchis. Kuroi n'avait pas tort. Ils finiraient par se retrouver dans la même pièce à un moment donné. Et quelque chose me disait que Kuroi ne laisserait pas tomber. Peut-être valait-il mieux que je contrôle comment et où cela allait se passer.

« Matteo avait suggéré que nous dînions ensemble tous les trois.

— Attends, je pensais que je devais d'abord dîner avec, me rappela Lorenzo.

— Oh, c'est tellement mignon ! s'exclama Kuroi. En tout cas, si on soupçonnait quelqu'un d'avoir tué mon mari, crois-moi, je serais la première personne que tu verrais, dit-il d'une petite voix plus menaçante que je ne le pensais possible.

— Heureusement, nous n'avons pas à nous inquiéter de ça, parce que Lorenzo est le plus loyal de mes frères.

— Espérons-le. Alors, quand vais-je rencontrer le traître ?

— Nous ne savons pas si c'est un traître. Nous ne savons même pas si notre père a fait quelque chose contre moi.

— Il est temps de le savoir alors. Organise le dîner et fais-moi savoir quand il viendra. Je préparerai un repas digne de mon roi, dit-il en se levant pour se diriger vers la porte.

— En fait, j'aimerais que ça se passe chez Maramar. Ils ont des cannoli qu'il faut vraiment que tu goûtes. »

Kuroi, qui avait sa main sur la poignée, se retourna vers moi. Il était évident que j'avais profité de cette discussion publique pour imposer ma volonté. Je m'attendais à moitié à ce que Kuroi insiste, mais il ne le fit pas. Ça voulait dire que je ne pourrais le punir que pour trois choses, la troisième étant d'avoir parlé alors qu'il avait dit qu'il ne le ferait pas.

« Arrange ça pour ce soir, dit Kuroi en cédant.

— Ce sera pour demain soir. Nous avons d'autres projets ce soir », lui dis-je en exprimant mon mécontentement avec mes yeux.

En me regardant, il laissa presque échapper un gémissement. « Oh, c'est vrai, nos projets. Je serai habillé et prêt quand tu rentreras à la maison. »

Ses paroles me firent instantanément bander. Le regardant partir, j'imaginais sa taille fine entre mes grandes mains et la sensation de mes cuisses contre les siennes. Je le ferai gémir.

« Vous avez des projets ce soir ? me demanda Lorenzo après son départ. Avez-vous été vus ensemble en public ?

— Ce n'est pas ce genre de plan, » dis-je révélant beaucoup plus que je n'aurais dû, mais trop excité pour me taire.

Après une discussion sur le bienfondé de laisser Kuroi dîner avec Matteo en premier, j'eus le dernier mot et le dîner fut planifié. Malgré tout ce que j'avais à faire, il n'y avait qu'une chose à laquelle je pouvais penser. Comment allais-je punir Kuroi pour m'avoir désobéi ?

Il y avait beaucoup de choses que je pouvais faire mais laquelle devrais-je choisir ? En fin de compte, je dus faire quelques recherches. Il avait à l'évidence plus l'habitude d'être puni que moi de punir. Mais une chose que je savais faire, c'était pousser un corps à ses limites physiques pour obtenir ce que je voulais. Je voulais Kuroi, alors je devrais le pousser.

Je n'avais jamais été vraiment fan des magasins, mais l'expédition shopping qui suivit me plut. C'était dans un magasin au cœur de Harlem. Il y avait beaucoup de choix. Imaginer comment je pourrais utiliser chacun d'entre eux sur Kuroi faisait palpiter ma queue.

Après avoir passé une heure à parcourir les allées, je quittai le magasin avec quelques achats. Il me fallut me faire violence pour m'empêcher de brûler tous les feux rouges sur le chemin du retour. Arrivé au pied de mon immeuble, je dus prendre le temps de respirer pour calmer ma bite. En récupérant mes sacs et entrant dans l'ascenseur, j'eus le sentiment que quelqu'un d'autre prendre avait pris le contrôle de mon corps.

Dans mon appartement, le salon était vide.

« Kuroi, viens ici maintenant ! » dis-je, débordant de colère et de désir.

Kuroi sortit de ma chambre avec modestie. Il avait été dans ma chambre. Encore une autre raison de le punir. Vêtu d'un kimono japonais brodé de soie dorée, il s'approcha de moi, baissa la tête et dit : « Oui, Monsieur ? »

À ces mots, je sentis mon sexe durcir encore. J'imaginais déjà mes doigts glisser sur sa peau acajou.

« Tu t'es présenté à mon bureau sans ma permission.

— Oui, Monsieur, répondit-il, la tête toujours baissée.

— Qu'ai-je dit que je ferais si tu ne suivais pas mes règles ?

— Vous avez dit que vous me puniriez, Monsieur.

— C'est exact. Et pourtant tu l'as fait quand même. Est-ce que tu voulais être puni ? »

— Oui, Monsieur.

— Es-tu prêt pour ta punition ?

— Oui, Monsieur.

— À genoux. »

Sans lever la tête, Kuroi se mit à genoux.

« Maintenant, reste comme ça.

— Est-ce ma punition ?

— Tu parleras quand je te le demanderai. Est-ce clair ?

— Oui, Monsieur. »

Le laissant à genoux, la tête baissée, je me retirai dans ma chambre pour me préparer. En mettant tout en place, je savourais chaque instant. Je pris une douche chaude et sentis chaque goutte d'eau brûlante toucher ma peau. Je me sentais vivant.

Après avoir enfilé un peignoir de soie, je retournai dans le salon pour constater que Kuroi n'avait pas bougé. Observant son corps immobile, je me servis un verre et le sirotai lentement dans l'attente d'une autre raison de le punir. Il ne m'en donna aucune.

Je retournai donc à ma place devant lui et lui dis de se lever. Il le fit sans me regarder.

« Va dans ma chambre, » ordonnai-je d'un ton sévère.

Il obéit et je le suivis. Une fois à l'intérieur, je me mis près de la commode et lui présentai ce qui se trouvait dessus.

« Pour m'avoir désobéi, tu vas devoir choisir, dis-je, pointant du doigt le martinet et le fouet qui contrastaient avec le linge blanc sur lequel ils se trouvaient. « Chaque outil apportera une série unique de disciplines. Comprends-tu ?

— Oui, Monsieur.

— Tu le vas le supporter. Si tu n'en peux plus, tu diras le mot « cerise ». Rien d'autre ne me fera arrêter. Comprends-tu ?

— Oui, Monsieur.

— Dis-le.

— Non, Monsieur.

— Pourquoi non ? demandai-je, ma colère flamboyante.

— Parce que je ne veux pas que vous arrêtiez. »
Je me calmai et souris.

Je me calmai et souris.

« Choisis.

— Puis-je avoir les deux, Monsieur ?

— C'est ta punition de choisir. »

Je vis qu'il avait compris. S'il s'était bien comporté, il aurait peut-être eu les deux. Mais puisqu'il m'avait désobéi, il ne pouvait en choisir qu'un et ne saurait jamais ce qu'il avait manqué.

« S'il vous plaît, Monsieur, puis-je avoir les deux ?

— J'ai dit choisis ! …Ou tu n'auras rien. »

C'est seulement alors qu'il me regarda, le désir et la peur brillant dans ses yeux. Se précipitant vers la commode, il observa.

« Puis-je les toucher, Monsieur ?

— Non, dis-je, durcissant sa punition. Choisis. »

Sa main planant au-dessus des deux objets, il tremblait de désir.

« J'ai dit choisis !

— Le fouet, lâcha-t-il, en se fixant sur ce qu'il avait choisi.

— Très bien, » dis-je, avant de prendre le martinet pour le placer dans le tiroir.

Son désir l'avait affaibli. Ça excitait mon membre : je le voulais tellement que j'aurais pu traverser un mur pour l'avoir. Mais je devais lui apprendre une leçon. Et j'allais adorer ça.

« Déshabille-toi, » lui ordonnai-je, mon cœur battant fort dans ma poitrine.

Sans hésitation, Kuroi se tourna vers moi et abaissa lentement son kimono. Il était nu en dessous. Ses lignes fuselées accentuées par ses muscles tendus. Il était plus beau que n'importe quelle statue. Je sentis un frisson me parcourir.

Et le mieux de tout, c'est que son sexe généreux était en érection. Imberbe, il se détachait nettement. Je voulais le sentir dans mes mains. J'avais envie de caresser ses petits testicules. Cette pensée me submergeait.

Me ressaisissant, je sortis des menottes d'un autre tiroir. Les plaçant sur la commode à côté du fouet, je m'adressai à lui.

« Glisses-en une à chaque main. »

Il le fit sans hésitation. Une fois les deux fermées, il leva vers moi des yeux pleins de désir.

« Maintenant, suis-moi, » lui dis-je en prenant le fouet pour me diriger vers la porte-fenêtre du balcon.

En chemin, j'éteignis les lumières derrière nous. Avec celles de la ville brillant devant nous, je le conduisis jusqu'à la balustrade et lui ordonnai de la saisir. Obéissant, il entrouvrit les lèvres, luttant pour reprendre son souffle.

J'imaginai ce qu'il ressentait alors que l'air frais de la nuit caressait sa peau perlée de sueur. Pressant ma verge couverte du peignoir contre lui, je chuchotai en me penchant au-dessus de lui : « Maintenant, ceux qui regardent verront ce qui arrive quand tu me désobéis, lui dis-je en l'enchaînant à la rambarde.

— Oui, Monsieur. S'il vous plaît, apprenez-moi à obéir.

— Je vais t'apprendre à obéir, » murmurai-je à son oreille alors qu'il gémissait à cause de la chaleur.

Le laissant frissonner, je m'éloignai et me mis à le fouetter. Quand les lanières en cuir touchèrent ses fesses, il rejeta la tête en arrière. Je n'avais pas été clément.

« Merci, Monsieur », ronronna-t-il.

En entendant ça, je le fouettai encore. Son corps trembla alors que son cul nu se zébrait lentement de rouge. Effleurant ses marques avec le cuir, j'attendis qu'il se calme avant de le fouetter encore. Quand son corps se contracta, je sentis ma verge tressaillir.

« Encore, Monsieur », supplia-t-il.

Je le fouettai encore et encore, plus excité à chaque fois. Quand je me mis à le frapper à l'arrière de ses jambes, il grogna. Il ne s'attendait pas à ça. Et quand ses jambes commencèrent à danser, je perdis le contrôle. Le frappant de plus en plus fort, je finis par enlacer son torse recourbé, mordre son oreille, et faire glisser le bout de ma verge jusqu'à son trou.

« Oui ? » murmurai-je.

« Oui, » supplia-t-il.

Et sans hésitation, je laissai mes sucs dégoulinants tracer un chemin dans ses profondeurs au-delà de son étroite ouverture.

« Ahhh, » grogna-t-il en me sentant le forcer à s'ouvrir.

Sa chaleur consomma ma verge. Le plaisir ondoya à travers moi. Mordant son oreille pour me contenir, je m'enfonçai jusqu'à ne plus pouvoir aller plus loin. Attrapant sa hanche, je poussai plus fort jusqu'à ce qu'il hurle de plaisir.

Enfoui en lui, je fis glisser ma main sur son torse nu pour atteindre sa gorge. Elle disparut dans mon poing. Je le sentais à présent totalement soumis à ma volonté. Je pouvais faire de lui ce que je voulais. Alors que la brise fraîche de la nuit caressait notre peau brûlante, je me mis à aller et venir en lui.

« Oui. Oui ! » gémit-il, tandis que je serrai toujours sa gorge et que mon bassin frappait son cul.

Je savourais chacune des sensations. Son corps dans mes bras, son cul autour de ma verge, la façon dont il criait et gémissait sous mes assauts.

Alors que je le baisais de plus en plus fort, ses jambes commencèrent à céder. Plus je le baiserais, mieux il serait dressé. Il fondait dans mes bras. Et quand je passai ma main sous son ventre et levai ses pieds du sol, je sus ce qui allait suivre.

Sans le lâcher, avec ma verge toujours dans son cul, je me penchai pour défaire les menottes de la rampe. Quand il fut libéré, je ramenai son dos contre mon torse et l'amenai dans ma chambre. J'étais toujours en lui. Il était une partie de moi. Enroulant ses pieds autour de mes jambes et sa main autour de ma tête, il s'accrocha à moi. Quand je le posai sur le lit, il me fallut donc me détacher de son emprise pour avoir ce que je voulais.

L'ayant positionné sur les genoux, le cul en l'air, j'écrasai son torse contre le lit et me plaçai au-dessus de lui. Fasciné par ce qu'il était, je le baisai sans ménagement. Le lit trembla alors que mon bassin frappait sa chair. J'essayais de m'introduire au plus profond de lui. Je voulais le faire devenir une partie de moi. Je ne savais pas laquelle. Mais quand je ne pus plus supporter d'être aussi loin de lui, je le retournai, appuyai ses genoux sur son torse et le baisai en joignant mes lèvres aux siennes.

Je n'embrassais pas les mecs. Je les baisais. Ça ne m'intéressait pas d'être proche d'eux. Mais avec Kuroi, je ne savais pas qui j'étais. Être avec lui me transformait. Et quand nos lèvres se touchèrent et qu'elles s'entrouvrirent, je lâchai prise.

Aussi incroyable que son cul était, c'est notre baiser qui me fit jouir. Sa bouche était petite. Tout comme sa langue. Mais elle se torsada avec la mienne, elles étaient parfaites l'une pour l'autre. Les sensations qu'il me procurait me firent perdre toute ma volonté.

Continuant à l'embrasser même alors que je criais d'extase, je l'innondai de mon jus. C'est à ce moment-là que je me souvins du plaisir de Kuroi. Passant la main entre nos deux corps pour atteindre sa verge, je le sentis tressaillir au contact de ma peau.

Et en glissant mon doigt sur sa bite, je découvris qu'il avait déjà joui. Il était aussi excité que moi. Il avait joui sans que ni lui ni moi ne le touche. Était-ce la façon dont j'avais remodelé son trou ou était-ce baiser qui lui avait fait le même effet qu'à moi ?

Je ne savais pas. Et bien vite, je passais à autre chose. La seule chose qui m'importait était de retourner à sa bouche. Kuroi avait été mon premier baiser. Bien sûr, j'avais embrassé des femmes. Mais elles n'avaient jamais compté pour moi. Je faisais juste ce qu'un homme est censé faire. Je ne savais même pas ce qu'on était censé ressentir avant que Kuroi entrouvre ses lèvres et me laisse entrer en lui.

Maintenant que je l'avais embrassé, je ne voulais plus m'arrêter. Kuroi était à moi. Personne d'autre ne le toucherait plus.

M'étant retiré de lui, je plongeai mes doigts dans ses boucles et le berçai en le serrant contre moi. Je n'arrêtais pas de l'embrasser. Je ne pouvais pas arrêter.

Sentant le sperme de Kuroi entre nos deux corps, je contractai mes muscles et les fis glisser contre lui. Il ne me fallut pas longtemps pour me remettre à bander. L'air surpris, Kuroi prit ma bite en main. Je m'écartai de ses lèvres juste le temps rire, et il se remit à m'embrasser avant de descendre lentement vers mon menton, mon cou, mon torse, mon ventre.

Avec ses doigts délicats toujours enroulés autour de mon sexe, je me délectais du plaisir de l'anticipation de sentir ses lèvres approcher. Cependant, il n'était pas prêt pour ça. Quand il découvrit les contours de mes abdominaux, il frotta ses pommettes contre eux, les retraçant du bout de son nez.

Finalement, quand il ne resta plus un centimètre à explorer, il continua sa descente et, pressant mon large sexe contre sa joue, se mit à tracer les contours de mon gland avec le bout de sa langue. Quand il eut son content, il enfonça ma queue au fond de sa gorge.

Je n'espérais pas grand-chose de ce moment. D'autres avaient essayé de me gober, mais j'étais trop gros. Kuroi essayait aussi. Il l'enfonça jusqu'à ce qu'il s'étouffe. Se dégageant, il essaya de nouveau jusqu'à ce que son corps se crispe et que des larmes roulent sur ses joues.

« Je suis bien membré », lui dis-je pour l'autoriser à abandonner. Mais il ne le fit pas.

Se concentrant sur mon gland, il le taquinait jusqu'à ce que mes orteils se mettent à danser. Kuroi savait ce qu'il faisait. Quand je crus que j'allais exploser, il recula juste assez pour me mettre sur le fil du rasoir. Et il me tortura ainsi plus longtemps que je ne le pensais possible.

« S'il te plaît, » le suppliai-je, désespéré de jouir.

Ce n'est qu'alors qu'il me regarda avec un sourire énigmatique. Il savait ce qu'il faisait, cet enfoiré. Et finalement disposé à me libérer, il pinça mes testicules avec sa petite main et serra.

Quand je jouis, je devins un véritable volcan. Je ne pouvais pas m'arrêter. Même quand tout le liquide en moi eut éclaté, je ne pouvais pas m'arrêter.

Tout mon corps était électrique. Écartant sa main et sa bouche de moi, le salaud se mit à rire quand il les reposa, ce qui fit sauter ma queue. C'était comme être foudroyé.

« Tu es un putain de sadique, lui dis-je, secouant la tête d'amusement.

— Quoi ? Tu n'aimes pas que je touche ton sexe ? »

Il le toucha encore, faisant vibrer tout mon corps.

« Ah ! hurlai-je en l'écartant. Viens ici maintenant », lui ordonnai-je, le ramenant dans mes bras.

Son visage à quelques centimètres du mien, je fixai ses yeux. L'espace d'un instant, je me sentis heureux. Mais plus je fixais, plus je réalisais que j'étais foutu. Il n'y avait pas moyen de cacher ce que je ressentais pour lui après cela. Si quelqu'un m'interrogeait, je ne pourrais pas nier.

Je n'aurais jamais imaginé que je pouvais ressentir cela. Et même s'il ne le savait pas, je lui mangeais dans la main. Sa main délicate

Qu'étais-je censé faire à présent ? Que dirait mon père en apprenant que j'étais tombé amoureux, non seulement d'un homme, mais de la cause de son humiliation ?

Chapitre 9

Kuroi

Depuis l'âge de 14 ans, lorsque mon père m'a offert à un partenaire d'affaires comme bonus de signature de contrat, j'avais des problèmes de sommeil. Cela avait commencé par une incapacité à rester endormi. Je n'ai jamais pu comprendre pourquoi, mais j'ai fini par réduire cela à deux possibilités. Soit c'était parce que je dormais dans un nouveau lit, soit parce que je me faisais réveiller chaque nuit par un vieil homme enfonçant son sexe dans mon cul. Cela demeurait un mystère.

Cependant, le vrai problème avait commencé quand j'étais non seulement incapable de rester endormi, mais aussi incapable de m'endormir. Il m'arrivait de ne pas dormir du tout pendant plusieurs jours d'affilée. Je devais admettre que cela me rendait un peu fou. Au bout du troisième jour, il ne valait mieux pas être près de moi. Avez-vous déjà essayé de vous maquiller en étant ivre de fatigue ? Ce n'était pas un spectacle agréable.

Mais même après que le partenaire d'affaires de mon père soit mort subitement et que je sois retourné chez moi, je n'arrivais toujours pas à dormir. J'allais dans des bars jusqu'à l'aube, buvais toute la nuit et multipliais les rencontres dans l'espoir de m'épuiser. Rien ne fonctionnait.

Finalement, je finis simplement par accepter ce fait. J'étais un mauvais dormeur dont les amants finissaient toujours par mourir. Ces deux éléments étaient-ils liés ? Comment ne pas le penser, hein ? Je ne me souvenais certainement pas d'avoir tué l'un d'entre eux. Peut-être y avais-je pensé. Surtout pour le premier. Mais, tout ce travail pour élaborer un plan et s'y tenir ? C'est beaucoup de temps. Et, heureusement, mes problèmes s'étaient toujours résolus d'eux-mêmes.

Malheureusement, mon nouveau problème était devenu que même ceux que je voulais voir vivre, mouraient. Et ce n'était pas comme si je les poignardais dans leur sommeil. Cela aurait été plus facile à accepter. Non, je me contentais d'être avec quelqu'un suffisamment longtemps pour enfin m'endormir dans ses bras, et au bout de quelques semaines, je me retrouvais à l'enterrer.

Et ils n'étaient pas tous vieux. L'un d'eux avait 25 ans. S'il m'était encore possible d'aimer quelqu'un, ça aurait été lui. Il était tout ce que mon jeune cœur désirait. Et malgré son bon jugement, il m'aimait. Tant pis !

Je vous raconte tout cela pour dire que jamais auparavant je n'avais dormi dans les bras de quelqu'un aussi facilement que dans ceux de Dante. Une explication pourrait être que Dante me droguait, ce salaud. Mais je ne me réveillais pas avec la même sensation que lorsque j'étais enfant. Donc, à moins qu'ils n'aient trouvé de meilleurs médicaments depuis, je ne pouvais pas l'expliquer.

Dans tous les cas, tomber endormi dans les bras de Dante apportait son lot de problèmes. Pour commencer, j'avais développé cette envie folle de l'étouffer dans son sommeil. Ne vous y méprenez pas, je ne voulais pas le tuer. Je voulais juste m'assurer que je n'aie jamais à l'entendre me dire qu'on devait dormir séparément.

Je vous entends déjà dire : « Oh Kuroi, c'est tellement extrême. Oh Kuroi, si tu le tues, tu devras vivre le reste de ta vie en sachant que tu n'as jamais pu avaler sa gigantesque… son énorme queue. » Et vous n'auriez pas tort.

Mais imaginez ce que ce serait de passer 13 ans sans une bonne nuit de sommeil, et d'enfin retrouver cela… pour ensuite le perdre. Vous étoufferiez quelqu'un dans son sommeil vous aussi. Vous trouveriez des légumes de plus en plus larges pour vous entraîner à avaler et puis vous l'étoufferiez dans son sommeil comme n'importe qui ferait.

Mais il fallait que je me retienne.

« Coucou, dit Dante, en se réveillant, son visage à quelques centimètres du mien.

— Coucou », chantonnais-je, me sentant plus reposé que jamais dans ma vie adulte.

Après m'avoir fixé une seconde, il baissa les yeux et leva mon bras. J'imaginais qu'il voulait seulement lever le sien, mais étant donné que j'avais menotté son poignet au mien, c'était un pack.

« C'est quoi, ça ? demanda-t-il, encore à moitié endormi.

—De quoi tu parles ? répondis-je, comme ses propos pouvaient porter sur plusieurs choses.

— Les menottes. Tu nous as menottés ensemble ?

— Pourquoi tu me demandes ça ?

— Parce qu'on est menottés ensemble, expliqua-t-il.

— Ah ! »

Il me regarda étrangement.

« Alors, c'était toi ?

—J'ai fait tellement de choses. On ne peut pas s'attendre à ce que je me souvienne de tout », répondis-je en essayant de ne pas m'attarder sur l'absurdité de sa question.

Après un moment de confusion, il sembla se détendre et retrouva mes yeux.

« Tu sais bien que je devrai finir par partir, non ?

— Évidemment que je sais que tu vas partir. Et tu m'emmèneras avec toi.

— Ah, c'est de ça qu'il s'agit. Tu crois que parce que tu es marié avec moi, tu as le droit de m'aider à gérer les affaires de ma famille ? » demanda-t-il, l'air amusé. Je ris. « Je ne suis pas une fille qui travaille.

— Alors quoi ? Tu comptes rester menotté à moi pour le reste de nos vies comme un, comment dit-on, un boulet ?

— Si tu m'appelles ton boulet, je devrai te tuer. Ce qui serait dommage après ce qu'on a fait la nuit dernière. »

Dante sourit et tordit mon bras menotté pour m'enlacer.

« Ce qu'on a fait la nuit dernière, hein ?

—Tu t'en souviens, n'est-ce pas ? Tu m'as fait choisir une cravache et tu m'as fouetté sur le balcon sous le regard des gens.

— Il y avait des gens qui regardaient ? » demanda Dante, l'air surpris.

Je le regardai comme s'il était idiot. « Tu fouettais un homme nu sur le balcon de ton gratte-ciel au milieu de New York. Il y avait presque une foule. La seule raison pour laquelle aucun flic n'est pas venu, c'est qu'ils ont dû penser que tu m'avais surpris en train de m'échapper. »

Dante eut un mouvement de recul. « Ce n'est pas drôle. »

— Nous sommes en Amérique. Fais-moi confiance, c'est drôle », le rassurai-je.

Je n'aurais su dire pourquoi, mais c'est à ce moment-là qu'il essaya de se lever. « Détache-moi. Je dois me préparer pour le travail.

— Non ! » répondis-je, surpris par sa demande.

— Je suis sérieux, détache-moi.

— Comment pourrais-je ? Ce sont tes menottes. Je n'ai même pas la clé. »

Dante me regarda, l'air frustré, puis se hissa au-dessus de moi pour atteindre la table de chevet. Il ouvrit le tiroir, fouilla dedans. « Où est la clé ? Je l'avais laissée ici la nuit dernière quand j'ai préparé les choses.

— Attends, tu es en train de dire que je n'étais pas censé l'avaler ?» Dante se tourna de nouveau vers moi et me fixa.

« T'as quel âge, douze ans ?

« On a l'âge qu'on ressent », lui dis-je joyeusement.

Au lieu de s'installer confortablement pour une journée tranquille au lit, mon mari roula sur moi et me jeta ensuite sur son épaule comme un sac de riz.

« Qu'est-ce que tu fais ? protestai-je.

— Je te l'ai dit. Je dois me préparer pour le travail. Tu pensais qu'une blague de gosse allait m'arrêter ?

— Pose-moi. Pour qui tu te prends ? »

— Quelqu'un qui va te tanner le cuir si tu continues à jouer comme ça.

— Je suis perdu. Tu veux que j'arrête de jouer ou que je continue ?

— Continue et tu verras. »

Malgré sa très claire promesse, je ne le vis jamais. Mais je découvris la sensation de prendre une douche en étant jeté sur l'épaule de quelqu'un. Et je découvris aussi ce que ça faisait de le regarder se raser à l'envers. Mais quand il voulut vraiment partir, il a fit ce qu'il avait fait la veille et cassa la menotte de son poignet.

« Détachable, expliqua-t-il.

— Ahh ! dis-je le cœur brisé.

— Je ne veux pas te voir à mon bureau aujourd'hui.

—Comme si cela allait m'arrêter.

— Je suis sérieux. Je ne peux pas réfléchir quand tu es là. Et je dois réfléchir à ce que je fois faire avec Matteo. »

Je me redressai. « Je t'ai dit, arrange un dîner pour nous et je découvrirai s'il est celui qui t'a tiré dessus.

— Je ne sais pas, Kuroi. Vous pouvez tous deux être…

— Choisis tes mots avec soin, cher mari, le menaçai-je.

— Impulsifs.

— Tu penses vraiment que je ramperais sur la table pour lui trancher la gorge en public pour avoir essayé de te tuer. Je veux dire, j'ai pris du plaisir hier soir, mais tu n'étais pas si bon que ça.

— Ce n'est pas gentil.

— Je mens. C'était une nuit fabuleuse. Je lui trancherais la gorge en public pour avoir osé tenter de te tuer, dis-je avec un sourire.

— Ça, c'est mon homme. Mais, il reste mon frère. Quoi qu'il ait fait, je ne peux pas te laisser lui faire du mal comme ça.

— D'accord, je ne lui trancherai pas la gorge. » Dante me regarda, l'air amusé. « Tu promets ?

— Et si je le faisais avec un couteau à beurre ? Tu sais à quel point ce serait difficile ? Ça ne compterait pas.

— Tu vois, c'est pour cette raison que je ne peux pas vous mettre tous les deux ensemble.

— Je plaisante. Tu es mon mari, tu devrais savoir que je suis très drôle. »

Dante rit. « Oui, tu l'es.

— Alors, tu vas organiser ce dîner ?

— Je vais le prévoir pour ce soir.

— Super ! dis-je, réellement enthousiasmé. À

À. plus tard, dit-il en faisant mine de partir.

— Hm hm, fis-je, l'arrêtant sur sa lancée.

— Quoi ? »

Je tendis mes lèvres et pointai mon doigt dans leur direction. Je n'étais pas sûr de sa réaction. Hier soir, il semblait complètement accro à mes baisers. Mais beaucoup de refoulés comme lui voulaient une chose quand le soleil était couché et une autre quand il était levé.

À ma grande surprise, Dante poussa un soupir frustré, traversa la pièce et m'embrassa sur les lèvres. Il essaya de faire en sorte que ce soit juste un baiser rapide, mais étant si proche de lui, je posai mes avant-bras sur

ses épaules et me mis à l'aise. Qu'il embrassait bien !
Quand sa langue toucha la mienne, je me sentis ivre.
Mon cerveau fondit comme du caramel chaud. Et quand
j'eus complètement perdu la notion du temps, il s'écarta
de moi.

« Non, nous ne pouvons pas faire ça maintenant.
Je dois vraiment aller travailler.

— Tu es sûr ? demandai-je. Mon cul est juste là,
» lui dis-je, inclinant mon trou nu vers lui.

Après y avoir jeté un bref coup d'œil, il rompit le
charme et se dirigea vers la sortie.

« Tu n'es pas bon pour moi, dit-il avec le sourire alors
que les portes de l'ascenseur se refermaient.

— Mais tu es formidable pour moi, » murmurai-je, me
demandant comment je parvenais à respirer sans lui.

Avec son départ, je tombai sur le canapé en
regardant l'ascenseur, espérant le voir s'ouvrir à
nouveau. Ce ne fut pas le cas. Même après avoir compris
qu'il ne reviendrait pas, je ne pouvais toujours pas me
résoudre à partir, pensant que cela pourrait être le cas. Si
je n'avais pas dû aller aux toilettes, j'aurais pu rester là
éternellement.

Une fois dans la salle de bain, je me préparai pour
la journée. Qu'allais-je faire de moi-même sachant que
Dante ne voulait pas que je vienne à son bureau ? Il
restait beaucoup de temps avant notre dîner avec Matteo.
La façon dont j'allais l'occuper je déterminerait ce que
j'allais porter.

Décidant de rendre visite à ma sœur, je mis un costume en satin bleu nuit, veste cintrée et pantalon large. J'avais les talons parfaits pour aller avec. Et comme je rentrais chez moi, le maquillage serait minimaliste.

Habillé et prêt à partir, je réalisai vite que je n'avais aucun moyen d'arriver. Récupérant mon téléphone, je passai un coup de téléphone à mon mari.

« Comment as-tu eu ce numéro ? demanda-t-il lorsqu'il répondit.

— Comment savais-tu que c'était moi ?

— Bien joué. Que veux-tu ? »

— Comment appelle-t-on un hélicoptère ?

— Quoi ?

—Quand j'étais à la maison, j'appelais l'assistant de mon père et le pilote me rejoignait sur l'héliport. Comment fais-tu ici ? Dois-je appeler ton assistant ? »

Dante rit. « Si tu demandais à mon assistant d'organiser un vol en hélicoptère, il ne comprendrait pas de quoi tu parles.

— Dois-je appeler ton pilote directement ? demandai-je, désemparé.

— Qu'est-ce qui te fait penser que j'ai un hélicoptère à disposition ?

— Pourquoi n'en aurais-tu pas ?

— Pourquoi en aurais-je un ? »

Voyant que cette conversation ne nous menait nulle part, je décidai de rentrer dans le vif du sujet.

« Je veux aller voir Yuki, elle est à la maison aujourd'hui. Comment puis-je y aller ?

— Tu n'as qu'à conduire.

— Non. Essaie encore.

— Que veux-tu dire par non ?

— Dois-je t'expliquer ce que signifie « non » ? Essaie encore !

— Je pourrais faire venir un chauffeur pour te chercher.

— Non. Encore une fois.

— Que dirais-tu que je t'organise un vol en hélicoptère jusqu'à chez Sato ?

Je souris, ravi. «Ça, c'est mon mari. Je savais que tu comprendrais. »

Dante n'avait pas l'air content, mais il m'informa que son assistant m'appellerait avec les détails. En moins de vingt minutes, c'était fait, et débarquant à l'héliport, j'atterris au complexe de mon père dans l'heure.

Comme toute bonne Japonaise, Yuki était une créature d'habitude. C'était l'heure pour elle d'être dans son jardin. La retrouvant là-bas, je regrettai d'avoir mis des talons. « Je ne comprends pas comment tu peux apprécier d'être ici, dis-je, furieux que cela n'altère même pas son teint de porcelaine.

— Ça me détend. Tu devrais peut-être envisager de te mettre au jardinage, dit-elle en continuant de tailler ses roses d'hiver.

— J'ai mes propres moyens de me détendre, répondis-je à ma sœur, glacial.

— J'imagine.

—Je suis sûr que tu n'imagines pas. »

Le silence tomba entre nous, me laissant à la regarder sans rien de mieux à faire. « Je t'ai apporté un cadeau.

— Vraiment ? fis-je, intrigué. Mon cadeau de mariage ?

— Tu peux le considérer comme tel. Ta vie de couple se passe bien ? »

Ma vie de couple se passait-elle bien ? Voyons voir. Je dormais mieux que ces dernières années. J'avais eu la meilleure relation sexuelle de ma vie. Et je commençais à apprécier la compagnie de mon mari.

« Ça pourrait être pire. »

En entendant ma déclaration, Yuki faillit s'effondrer de surprise… à sa façon. En réalité, elle releva la tête pour me regarder brièvement. Revenant à ses roses, elle déclara, « Je suis contente. »

Puis elle rassembla ses affaires et me conduisit à l'intérieur. À la manière dont elle se comportait, je pensais pouvoir dire qu'elle exprimait une émotion. Je n'avais jamais vu ma sœur aussi ébranlée. Qui était cette personne à côté de moi ?

« Thé ? demanda-t-elle, son ton trahissant sa détresse.

—Avec plaisir, » répondis-je, prêt à accepter n'importe quoi pour la calmer.

Sur le balcon où j'avais épousé Dante, je compris la cause de l'agitation tumultueuse de ma sœur. C'était sa façon de gérer mon départ. Son cœur délicat peinait à le supporter. Le regard inexpressif qu'elle portait sur la forêt devant nous semblait être la seule chose qui l'empêchait de se jeter du balcon. Je sentis mon cœur se briser pour elle. C'était tragique.

« Tu as dit que tu avais un cadeau pour moi ? » demandai-je, espérant la sauver de son désespoir.

S'étant tourné vers moi, elle me fixa quelques instants avant de se lever. « Je vais aller le chercher. »

Pendant son absence, je laissai mon esprit dériver vers l'époque où j'avais vécu dans ce complexe. J'avais essayé d'y être le moins possible. J'avais toujours considéré ces lieux comme une prison. Vivre avec mes amants avait été ma fuite.

Yuki n'avait jamais eu de telles options. Je n'étais pas sûr qu'elle ait jamais même eu un petit ami. Mais il était possible qu'elle en ait eu un. Au fil des ans, j'avais été de plus en plus souvent absent. Je saisissais chaque occasion de commencer une nouvelle vie. Et tandis que je m'engageais dans une autre liaison vouée à l'échec, ma sœur restait ici, la fille parfaite de notre père.

Si Yuki avait jamais considéré ce lieu comme sa prison, ce n'était pas sans certains privilèges. Contrairement à moi, elle avait un accès total à l'argent de notre père. Et quelques fois par an, elle retournait au

Japon pour passer du temps avec les frères que j'avais à peine connus.

Mais même avec cette liberté, il arrivait toujours un moment où sa laisse la ramenait ici. Yuki était la constante dans ce complexe. Elle traversait le terrain comme un fantôme. Si elle avait jamais eu un amant, cela avait dû être au cours d'un voyage. Mais c'était dur à imaginer.

De retour avec notre thé, Yuki tenait une boîte élégamment emballée. Me levant pour accepter son cadeau, je pris l'autre extrémité et m'inclinais.
« Pour ton bonheur, me souhaita-t-elle.
— Tu m'honores. Je t'en prie, assieds-toi, » dis-je en attendant qu'elle reprenne place.

À nouveau assis avec le cadeau entre nous, je le regardai avec anticipation. Après avoir ôté le ruban tout en prenant soin d'admirer l'emballage, je trouvai finalement une boîte blanche. Soulevant le couvercle, je découvris ce que j'avais souvent reçu de sa part : une robe noire élégamment taillée.

J'étais ravi. Yuki avait un goût exquis. Où elle trouvait ces cadeaux, je ne le savais jamais. L'absence d'étiquette m'avait conduit à croire qu'elle les avait conçus elle-même. Mais alors qu'ils devenaient plus élaborés, il devenait moins probable qu'elle les ait faits elle-même.

« C'est incroyable, » dis-je, en la tenant devant moi.

Le haut de la robe était sans manches, ajusté avec des broderies noires. Typiquement chinois. Le bas, en soie noire épaisse, se séparait en jambes de pantalon qui se rejoignaient pour ressembler à une robe.

« Je suis contente que tu l'aimes, dit Yuki avec un léger sourire.

—Je l'aime tellement que je vais la porter ce soir.

— Tu sors ?

— Je vais dîner avec Dante et son frère, répondis-je fièrement.

— Ah.

— As-tu déjà rencontré le frère de Dante, Matteo ? »

Yuki baissa les yeux et fit un léger mouvement indiquant que non.

« On a tenté d'assassiner Dante.

— Ah ?

— C'est pour ça qu'il a accidenté la voiture le jour du mariage. Il n'a pas seulement percuté un arbre en cherchant à m'échapper. » Je cachai le soulagement que j'éprouvais en disant ces mots.

« Hmm, fit-elle, ignorant mon émotion.

— Il pense que quelqu'un l'attendait à l'extérieur de notre complexe et lui a tiré dessus.

— Père est-il au courant de ça ?

— Il n'est au courant de rien. Et tu dois garder le secret. Tant qu'on n'aura pas découvert qui a tenté de le tuer, cela ne doit pas s'ébruiter.

— Tes secrets ont toujours été en sécurité avec moi.

— Je sais, » dis-je en jetant un coup d'œil à la robe.

Yuki connaissait peut-être mes secrets avant même que je les connaisse moi-même. Elle m'avait acheté ma première robe avant que j'aie essayé d'en porter une. En regardant son premier cadeau, je ne savais quoi penser. Je m'étais senti à la fois exposé et humilié. Mais la joie qu'elle avait exprimée lorsque je l'avais essayée était ce qui l'avait rendu confortable.

Maintenant, mes robes faisaient partie de moi comme n'importe quel autre vêtement. C'était ma façon d'exprimer qui j'étais. Cela avait été ma rébellion sous le joug de mon père, et un moyen de dérouter mes ennemis. Comment étaient-ils censés réagir à quelqu'un qui me ressemblait sachant que le mauvais mot pouvait être leur dernier ?

« Pourquoi est-ce que ton mari soupçonne son frère ?

— Ils pensent qu'il a été mandaté par leur père.

— Et tu vas dîner avec eux ce soir ?

— J'ai dit à Dante que je pourrais déceler sa culpabilité.

— As-tu acquis un pouvoir que j'ignore ? demanda-t-elle d'un air amusé.

— J'ai acquis plein de pouvoirs, répondis-je sur le même ton. Je peux maintenant voir à travers les murs.

— C'est une grande compétence.

— Je peux aussi déplacer la soucoupe sous la tasse sans la toucher, lui dis-je en plaçant mes mains au-dessus comme pour la faire léviter. Je ne veux juste pas le faire maintenant, » ajoutai-je.

Yuki mit sa main sur sa bouche pour masquer son rire. Cela me faisait toujours plaisir de faire rire ma sœur. Ça n'avait jamais été facile. Mais lorsque je réussissais, je me sentais épanoui.

Après avoir profité du reste de la journée avec ma sœur, je la quittai en lui promettant que je reviendrais bientôt. Et j'avais réellement l'intention de le faire, malgré tous ses problèmes émotionnels.

Après un coup de téléphone à l'assistant de Dante, l'hélicoptère me ramena à la maison suffisamment tôt pour que je puisse prendre une douche et m'habiller pour le dîner. Je savais ce que j'allais porter, mais je n'avais pas encore décidé du maquillage. Quelle impression voulais-je donner à mon nouveau frère ?

Il devait bien comprendre que je serais capable de le tuer s'il s'en prenait à Dante. Qu'est-ce qui pourrait le communiquer ? Les yeux de chat étaient tellement démodés qu'il fallait être fou pour les porter. Est-ce que j'étais ce genre de fou ? Ou serait-ce aller trop loin ?

Je choisis un fond de teint pâle qui me donnerait un air fantomatique, j'accentuai mes sourcils déjà épais et optai pour un rouge à lèvres noir. C'était très année

1980, style Grace Jones. Cela disait : ne me tourne pas le dos, je suis assez fou pour avoir couché avec O.J. Simpson.

« Qu'est-ce que c'est que ça ? dit Dante en arrivant. Tu sais qu'on dîne avec mon frère, n'est-ce pas ? Il ne va pas apprécier tout ce… que tu portes. »

Il fit un ample geste pour désigner l'ensemble de ma personne. Je l'ignorai.

« Eh bien, le but de cette soirée, ce n'est pas de le séduire. C'est de découvrir s'il a essayé de te tuer.

— Ouais, mais s'il ne l'a pas fait, tu vas devoir le voir régulièrement. Matteo n'est pas aussi ouvert d'esprit que moi.

— Alors il va devoir apprendre à l'être, n'est-ce pas. »

Dante avait l'air déconcerté. Je ne pensais pas que c'était possible pour quelqu'un avec autant de tatouages. Prenant ma main, il dit : « Je veux que tu saches que tu es vraiment superbe. Je suis sérieux. J'adore tout. Mais ma famille…

— Ta famille devra s'y faire.

— Kuroi…

— Tu veux que je te poignarde encore une fois ? »

Dante lâcha ma main et recula d'un bond.

« Non ! » Quand il vit que je ne le ferais pas, il ajouta : « Je suis encore en train de guérir de la dernière fois. »

En me souvenant de ce que je lui avais fait, je ressentis une légère culpabilité.

« Ahhh, mon pauvre bébé, » dis-je en m'approchant lentement de lui.

Directement en face de lui, je glissai ma main sur son côté et, de mon pouce, caressai légèrement l'endroit où je l'avais poignardé. Je pouvais sentir la peau recousue. Le corps de Dante était tendu sous moi, mais il ne se déroba pas.

« Je ne laisserai jamais personne te faire ça à nouveau, lui dis-je en levant les yeux vers lui.

— C'est toi qui l'as fait. Tu vas… recommencer ?

— J'espère que non, lui répondis-je honnêtement. Je veux juste te protéger. »

Dante semblait moins convaincu par ma réponse que je ne l'aurais voulu. C'était probablement parce que je ne voulais pas lui mentir. Je ne savais toujours pas ce que je faisais en dormant. Il devait être prêt à se défendre si, dans un délire d'épuisement, j'essayais quelque chose.

Je ne voulais vraiment pas le blesser à nouveau. Mais je n'étais pas sûr de pouvoir m'en empêcher. On ne pouvait jamais me faire confiance.

« Tu devrais te préparer », lui dis-je, même si je n'avais aucune envie de le lâcher.

Il me regarda avant de s'éloigner.

« Si tu es sage ce soir, peut-être que j'aurai quelque chose pour toi quand nous rentrerons.

— Ne fais pas de promesse que tu ne pourras pas tenir, répondis-je lascivement.

— Tu peux toujours me croire sur parole, » me dit-il en me serrant les fesses.

Au contact de sa grande main, je sentis mon sexe durcir. Qu'avait-il en tête ? J'avais aimé tout ce que nous avions fait la nuit précédente. Le seul inconvénient était que je n'avais pas pu goûter au fouet en même temps.

« Je serai sage, » dis-je en appuyant sur l'endroit où je l'avais poignardé avec mon pouce.

Il sursauta en resserrant sa prise sur mes fesses. Ses doigts s'enfoncèrent presque dans ma chair, la déchirant. Cela faisait mal et j'aimais ça.

Avec sa main libre, il attrapa mon poignet pour l'éloigner de son flanc. Je donnai une petite pression supplémentaire et relâchai. Ce fut alors qu'il se pencha vers moi pour m'embrasser. Ce ne fut pas assez long, mais ça me rappela les avantages d'être sage.

Peut-être que je n'allais pas sauter par-dessus la table pour égorger Matteo, après tout. J'avais trop à perdre si je le faisais. Mon mari savait-il déjà comment me contrôler ? Je ne savais pas quoi en penser.

Quand Dante me laissa pour se préparer, je restai dans le salon à l'attendre. Lorsqu'il revint, ce fut avec une surprise. Il avait l'air différent. Il portait toujours plus ou moins la même chose, mais cette fois-ci, sa chemise était rayée de rouge, blanc et bleu. Était-ce mon mari en train de se détendre ? Cela semblait être le cas.

Alors que nous avancions vers l'ascenseur, je le pris par le bras. Il ne résista pas. Il se redressa. Comme s'il appréciait de m'avoir à ses côtés. J'avais du mal à y croire parce que personne ne faisait ça. Même le garçon que j'avais aimé s'éloignait de moi pour éviter qu'on nous voie ensemble en public.

Il ne faisait pas partie du monde que Dante et moi partagions, alors il craignait pour sa vie. Il s'avère qu'il avait raison. Mais c'étaient les mauvaises personnes qu'il avait craint. Il aurait dû craindre la seule en qui il avait confiance. Quand je vous disais qu'il était mauvais juge de caractère.

À notre arrivée au restaurant, j'attendis que Dante ouvre ma portière. Il lui fallut une seconde pour comprendre, mais il finit par percuter.

« Ne t'attends pas à ce que je fasse ça à chaque fois, » me dit-il en sortant.

Je l'ignorai, attendant qu'il ferme la porte de la voiture pour prendre son bras. À nouveau, il redressa le dos et marcha plus droit.

En entrant dans le restaurant, je scrutai la salle. Après avoir repéré les issus, j'examinai les clients. Il y avait un mélange de clientèle, mais aucun Asiatique ou noir.

Il y avait cependant une personne qui nous regardait. L'homme aurait été difficile à manquer. Il avait l'air d'une version encore plus belle de Dante. Et si j'avais été célibataire et que j'avais cherché à me faire baiser ce soir-là, ça aurait été avec lui que je serais parti.

« Ton frère est gay ? demandai-je à Dante dont l'attention se tourna vers moi.

— Absolument pas, » répondit-il avec assurance.

J'observai de nouveau l'homme qui nous regardait approcher. Je pouvais voir les rouages dans sa tête tourner. Il hésitait sur la manière dont il devait réagir. Nous voir l'avait déstabilisé. Parfait. J'allais jouer là-dessus.

« Sais-tu qui je suis ? dis-je à Matteo sans laisser à Dante l'occasion de parler.

— J'ai entendu beaucoup de choses sur toi, répondit Matteo en souriant.

— Que du bon, je suppose.

— Du bon et du mauvais. Est-ce que ce qu'on raconte est vrai ?

— Que raconte-t-on ? demandai-je entre mes dents serrées.

— Vous devriez attendre d'être assis avant de faire une scène, intervint Dante, visiblement mal à l'aise.

— Qui fait une scène ? demandai-je alors que Dante tirait une chaise pour moi.

— Vous deux. Et ça ne va pas se passer comme ça ce soir. »

Je regardai Dante, amusé.

« Et comment va se passer la soirée ? »

Dante s'assit.

« Ça va commencer par les présentations que je vais faire.

— Alors vas-y. Présente-nous, » dis-je en le coupant de nouveau.

Dante changea de position sur sa chaise, visiblement mal à l'aise.

« Kuroi, voici mon frère, Matteo. Matteo, voici…

— Son mari, dis-je en le coupant encore. Je suis son mari. » Je tendis la main au-dessus de la table pour serrer celle de Matteo. « Il semble que nous ayons quelque chose en commun, lui dis-je avec un sourire.

— Ah oui ? Quoi donc ? demanda Matteo.

— Kuroi ! » dit Dante, lisant dans mes pensées.

Je me tournai vers Dante et cédai avec un haussement d'épaules.

« Qu'est-ce que nous avons en commun ? demanda Mattea, dont les yeux ne cessaient de passer de Dante à moi.

— Moi, répondit Dante. Vous m'avez en commun,

— Ouais. C'est vrai, » acquiesça Matteo, qui sembla se détendre un peu.

Alors que je le fixais, observant ses moindres gestes, il me rendit mon regard. Il était définitivement gay.

« Alors, tu es la célèbre Veuve Noire, » dit-il en souriant.

Chaque muscle de mon corps se tendit en l'entendant. J'avais tué des gens pour moins que ça.

« Est-ce que tout le monde avec qui tu couches meurt ? me demanda Matteo, l'air amusé. Devrais-je m'inquiéter pour mon frère ?

— Qu'est-ce que tu veux dire par là, putain ? intervint Dante.

— Je veux savoir si, vous deux, vous couchez ensemble », dit-il sans détour.

Je répondis : « Je suis son mari. Qu'est-ce que tu crois ? »

Matteo s'enfonça dans son siège et rit.

« Qu'est-ce qui te fait rire ? Tu es jaloux ? le défiai-je.

— Peut-être. Qu'est-ce qui fait qu'un cul est si bon qu'il pourrait faire tourner la tête de mon frère ?

— Surveille ta putain de bouche, Matteo.

— Je voulais juste dire qu'il devait y avoir quelque chose de vraiment bon là-dedans si ça avait pu te faire devenir gay. Peut-être que tu devrais partager, » dit Matteo en me désignant.

Ce fut alors que Dante se leva. Penché au-dessus de la table, il attrapa un couteau et le pressa contre la gorge de son frère.

« Je t'ai dit de surveiller ta putain de bouche. Tu comprends ? »

Manifestement inconscient de ce qui se passait, Matteo rit.

« D'accord. J'ai compris. Je vais faire attention à ce que je dis.

Comme Dante ne bougea pas, j'ajoutai : « Je pense qu'il a compris.

— J'ai compris, Dante. J'ai compris, » dit-il en levant les mains.

Cela prit un moment, mais Dante finit par se détendre. Je regardai autour de moi, les gens qui avaient arrêté de manger pour nous observer.

« Il pensait qu'il s'étouffait, leur dis-je. Fausse alerte. Vous pouvez retourner à vos repas. »

Finalement, tout le monde se remit à manger et tout le monde à notre table se détendit.

« Alors, il paraît que c'est toi qui es responsable du mariage entre Dante et moi, demandai-je en me recentrant sur la raison de notre venue.

— Et on dirait que vous deux devriez me remercier, dit-il fièrement.

— Tu penses que ce qui se passe entre Kuroi et moi te permet d'échapper au bordel que tu as causé ?

— Tu sais pourquoi je l'ai fait, Dante, répondit Matteo sur la défensive.

— Pourquoi l'as-tu fait ? » demandai-je curieux.

Matteo se tourna vers moi.

« Parce que cet enfoiré a pourri la petite sœur de mon pote, expliqua Matteo d'un air haineux.

— Pourri comment ?

— Pourri au point qu'on le tue, expliqua Matteo. Tu devrais savoir quelque chose là-dessus.

— Donc, tu dis qu'il l'a mérité ?

— Il l'a cherché.

— Est-ce pour ça que tu as essayé de tirer sur Dante ? Lui aussi, il l'a cherché ?

— De quoi tu parles ? Qui a essayé de te descendre ? demanda Matteo à son frère.

— Ne fais pas l'idiot. On sait que c'est toi, continuai-je.

— De quoi parle-t-il, Dante ? »

L'air réticent, Dante s'accouda à la table et dit : « Je pense que Kuroi essaie de te demander où tu étais quand je suis allé chez Sato. Tu m'as suivi là-bas ?

— Te suivre là-bas ? Pourquoi t'aurais-je suivi ?

— Pour tirer sur moi quand je repartais.

— Pour tirer sur toi ? Pourquoi aurais-je essayé de tirer sur toi ? demanda-t-il, l'air décontenancé.

— Peut-être parce que tu avais reçu l'ordre de le faire, » suggéra Dante.

Matteo fixa Dante sans répondre.

« Papa ne m'a pas demandé de t'éliminer, » répondit-il sobrement.

Sentant sans doute qu'il y avait autre chose, Dante dit : « Qu'est-ce qu'il t'a demandé de faire ? »

Matteo baissa les yeux, incapable de soutenir notre regard.

« Tu sais, tu n'aurais pas dû court-circuiter Papa comme tu l'a fait. Il n'aime pas ça.

— Qu'est-ce qu'il t'a demandé de faire, Matteo ?

— Il ne m'a rien demandé, dit-il sans relever la tête.

— Parle-moi, putain, Matteo, exigea Dante. Qu'est-ce que tu me caches ?

— C'est juste que, Papa demande si je m'occuperais des affaires comme tu le fais.

— Qu'est-ce que tu veux dire ?

— Tu connais Papa. Il n'aime pas le changement. Il a fait les choses de la même manière depuis qu'il est né. Tu es arrivé, as causé tous ces changements et l'as écarté. Il veut revenir.

— Il veut savoir qui tu soutiendrais s'il reprenait ma place ?

— Ou plutôt si tu n'étais plus dans le tableau. Il m'a demandé comment je gérerais les choses.

— Tu penses qu'il va agir contre moi » ? demanda Dante.

Matteo regarda son frère. « Je pense qu'il a déjà agi.

— Comment ça ? demanda Dante.

— Oncle Vinny est de retour. »

Dante s'effondra lentement sur sa chaise en entendant la nouvelle. Je les observais en essayant de comprendre ce qui se passait.

« Qui est Oncle Vinny ? »

Matteo répondit : « C'est le frère de notre père. La légende dit qu'il a comploté contre notre père pour reprendre l'entreprise et que mon père l'a exilé pour ça. Il demande à revenir aux États-Unis depuis trente ans et jusqu'ici notre père avait toujours refusé.

— Et tu penses que le fait que ton père le laisse revenir a à voir avec le fait qu'il agisse contre Dante ? » demandai-je.

Matteo regarda Dante pour avoir confirmation. « Pourquoi changerait-il d'avis maintenant après trente ans ?

— Pourquoi me dis-tu ça ? Tu aurais pu le garder pour toi, dit Dante à Matteo.

— Je te le dis parce que tu es mon frère. Tu as toujours été là pour moi. Je veux que tu saches que je serais là pour toi. Nous sommes une famille. Il n'y a rien qui nous séparera jamais, peu importe les histoires de cul. »

Dante reporta son attention sur moi pour juger de ma réaction. Pour une fois, je ne savais pas quoi dire.

Matteo disait à Dante que je ne devrais pas compter pour lui. Dante était-il d'accord ? Est-ce que je comptais pour lui ou n'étais-je qu'une distraction ? Peut-être que mon maquillage l'avait trompé en lui faisant croire qu'il était avec une femme. Peut-être qu'il ne s'agissait que d'une question de temps avant qu'il réalise qui j'étais vraiment.

Un serveur s'étant timidement approché de notre table, Dante n'aborda pas ce que Matteo avait suggéré. À la place, nous commandâmes des pâtes italiennes et du vin, et fîmes comme si Matteo n'avait rien dit de tout ce qu'il avait dit.

S'épanchant sur un tatoueur dont il avait entendu parler à Los Angeles, Matteo avait du mal à me regarder dans les yeux. Après le dîner, quand Dante se dirigea vers les toilettes, Matteo se tourna vers moi.

« Je ne sais pas ce que toi et Sato avez prévu. Mais si tu touches un cheveu de la tête de mon frère, je te dépècerai comme une chèvre.

— Tu penses que tu pourrais m'arrêter si nous avions réellement prévu quelque chose ?

— Et si je t'arrêtais maintenant pour ne pas avoir à m'en soucier ? »

Il glissa sa main sous la table et j'entendis le clic déverrouillant la sécurité de son arme.

Ne pouvant rien faire à cette distance pour m'échapper, je lui demandai : « Tu penses que Dante te pardonnerait un jour si tu faisais ça ?

— Dante m'a pardonné toutes sortes de conneries. Une de plus… »

Je ne pouvais pas dire que ça me plaisait, mais Matteo m'avait coincé. Piégé de l'autre côté de la table, je n'avais aucun moyen de me lever avant qu'il ne tire.

« Je ne suis pas l'assassin de mon père. Et toi ?

— Peut-être que Sato sait qu'il n'a pas besoin de te le demander. »

Ça avait beau m'énerver, Matteo avait raison. Chaque homme avec qui j'avais passé plus d'une nuit était mort. Si mon père voulait que quelqu'un meure, tout ce qu'il avait à faire, c'était de m'envoyer dans ses bras. Sans même qu'il n'ait à le demander, il se retrouvait hors du tableau.

« Si tu le crois, tire, lui dis-je, résigné à mon sort. Vas-y. Fais-le.

— Qu'est-ce qui se passe ? » demanda Dante qui venait de revenir à notre table et nous regardait froidement.

Le bras de Matteo tenant l'arme, se rétracta.

« Je faisais juste bon accueil à mon nouveau beau-frère.

— C'est vrai ? me demanda Dante.

— Je ne me suis jamais senti aussi bien accueilli, » répondis-je sans quitter Matteo des yeux.

Je n'avais aucune envie de l'admettre, mais Matteo s'était immiscé dans ma tête.

« Je ne pense pas qu'il ait tiré sur toi, dis-je à Dante sur le trajet du retour.

— Je ne pense pas non plus. Et si ce qu'il dit à propos de l'Oncle Vinny est vrai, et qu'il est de retour, nous avons un autre problème.

— Ça en a tout l'air, acquiesçai-je.

— Tu vas bien, Kuroi ? Tu es bien silencieux depuis que je suis revenu des toilettes, demanda-t-il comme je ne pouvais toujours pas me résoudre à le regarder dans les yeux.

— Je vais bien.

— On ne dirait pas.

— Je suis fatigué.

— Trop fatigué pour récolter ta récompense pour avoir été sage ce soir ? »

Je me tournai pour voir le sourire sur son visage magnifique.

« Oui. Peut-être un autre soir.

— Ah. D'accord, » répondit-il, l'air déçu.

Je voulais lui expliquer que c'était une mauvaise idée de me laisser me rapprocher de lui. On ne pouvait pas me faire confiance. Il devait savoir ça. Si je m'autorisais à tomber amoureux de lui, il finirait mort. J'étais la Veuve Noire. Et c'était tout ce que je serais jamais.

Une fois garés, nous primes l'ascenseur jusqu'à notre appartement. Nous ne nous touchâmes pas. Quand les portes s'ouvrirent, je me dirigeai vers la chambre d'amis.

« Où tu vas ? demanda-t-il alors que je traversais la pièce.

— Me coucher.

— Tu ne viens pas avec moi ?

— Peut-être que ce n'est pas une si bonne idée.

— Si Matteo t'a dit quelque chose, je jure devant Dieu que je vais lui briser le cou. »

Je me retournai en espérant le calmer.

— Il ne m'a rien dit qui n'était pas vrai.

— Je vais le tuer, putain.

— Non, Dante. Ce n'est pas sa faute. C'est la mienne. Je ne veux pas te faire du mal.

— Tu en as déjà eu l'occasion. Tu ne l'as pas fait. Tu ne vas pas me faire du mal.

— Tu n'en sais rien. Et la raison pour laquelle tu n'en sais rien, c'est parce que moi-même je n'en sais rien.

— Kuroi, dit Dante en s'approchant de moi pour poser ses grandes mains sur mes bras.

— Non, Dante. Je tue des gens.

— Tu ne me tueras pas.

— J'ai tué les gens que j'aimais. Tu ne peux pas vouloir que je t'aime. Laisse-moi partir, Dante », lui dis-je calmement.

Dante lâcha mes bras et je partis. Quand je fus seul dans la chambre d'amis avec la porte fermée, je m'assis sur le lit, plongeai mon visage entre mes mains et pleurai.

Chapitre 10

Dante

Je vais tuer Matteo pour tout ce qu'il a pu dire à Kuroi. Jusqu'à ce que je doive partir pour les toilettes, tout s'était bien passé. Oui, j'avais découvert que mon père avait invité son frère traître dans nos vies pour me tuer. Mais Matteo et Kuroi semblaient s'entendre.
Que pouvait-il bien lui avoir dit ? Je n'avais jamais vu Kuroi comme ça. On aurait dit une personne différente. Je voulais retrouver le Kuroi que je connaissais.

Espérant qu'une bonne nuit de sommeil suffirait, je me dirigeai vers ma chambre et mon lit. Me remémorant la sensation de Kuroi dans mes bras, je ne pouvais pas m'endormir. Au matin, j'avais dormi trois heures tout au plus. Et quand je retournai dans le salon et constatai que la porte de la chambre d'amis était toujours fermée, je ne sus quoi faire.

« Tu es réveillé ? demandai-je en frappant à sa porte. Kuroi ?

— Quoi ? entendis-je dire de l'intérieur.

— J'ai besoin de ton aide. Je peux entrer ?

— C'est ta maison, » répondit-il, l'air mal en point.

En entrant, je trouvai ses vêtements de la veille au sol et ses oreillers maculés de maquillage. Je ne connaissais pas Kuroi depuis longtemps, mais cela ne lui ressemblait pas. Le regardant alors qu'il enfouissait son visage dans l'oreiller, je dis : « J'aurais besoin de ton expertise aujourd'hui.

— De quoi s'agit-il ?

— Je dois trouver mon oncle Vinny. S'il est en ville, je vais avoir besoin de renfort.

— Pourquoi ne demandes-tu pas à Matteo ?

— Je ne fais pas confiance à Matteo pour ça. Je te fais confiance à toi.

— Tu ne devrais pas.

— Comme tu l'as dit, tu tues des gens. Et si on doit en venir là, j'ai besoin de quelqu'un qui n'hésitera pas par loyauté familiale. »

Ce que j'avais dit était vrai, non ? Oncle Vinny était de la famille. Matteo et Lorenzo pourraient hésiter si les choses tournaient mal. Kuroi, lui, non. C'est vraiment la seule personne en qui j'avais confiance pour veiller sur moi.

« Allez, Kuroi, j'ai besoin de toi. »

Kuroi se tourna pour me regarder.

« Je suis sérieux. Tu es le seul à qui je peux confier ça, » lui dis-je sincèrement.

Kuroi baissa les yeux, s'essuya le visage sur l'oreiller puis se leva.

« D'accord. Laisse-moi quelques minutes pour m'habiller. »

De retour dans le salon, j'appris ce que mon nouveau mari entendait par « quelques minutes ». Quarante minutes plus tard, il finit par sortir, ressemblant davantage à lui-même.

« Tu as pris ton temps, dis-je, sans chercher à dissimuler mon agacement.

— Tu voulais mon aide, non ? Je devais me préparer. »

Il parlait comme si la personne que je connaissais sous le nom de Kuroi n'était qu'un masque qu'il portait. Était-ce le cas ? Que savais-je vraiment de Kuroi ? Je ne le connaissais pas depuis si longtemps.

« Café ? J'en ai préparé », lui proposai-je en levant ma tasse.

Kuroi versa du café dans un mug en carton et nous partîmes.

« Alors, c'est quoi le plan ? me demanda-t-il sur le chemin de mon bureau.

—Nous allons rencontrer Lorenzo.

— Tu es sûr de pouvoir lui faire confiance ?

— Si ce n'est pas le cas, on est dans la merde jusqu'au cou. Parce qu'il sait tout.

— Tout ? répéta Kuroi, la voix lourde de sous-entendus.

— Bon, il y a quelques trucs qu'il ne sait pas. Mais il sait beaucoup de choses. »

Kuroi ne fit pas de commentaires. Je ne pouvais pas dire à quoi il pensait, mais plus nous parlions, plus mon Kuroi réapparaissait. Attendez, depuis quand avais-je commencé à penser à lui comme « Mon Kuroi » ? C'était pourtant bien ce qu'il était, à moi. Et si quelqu'un tentait de s'interposer comme Matteo l'avait fait, il devrait avoir affaire à moi. Mon frère allait devoir apprendre ça. Mais d'abord, il allait falloir régler le problème de mon père et de sa tentative de se débarrasser de moi.

En arrivant à mon bureau plus tard que d'habitude, je trouvai Lorenzo déjà là. Assis sur la chaise devant mon bureau, il prit un air surpris quand j'entrai avec Kuroi. Les yeux fixés sur Kuroi, il me demanda :

« Comment ça s'est passé hier soir avec Matteo ? »

Je m'installai derrière mon bureau, Kuroi prit le fauteuil club près de la fenêtre. Bien qu'il portât un costume d'homme, j'aperçus ses talons hauts alors qu'il posait ses pieds sur la table basse. On aurait dit des bottes montantes qui le faisaient paraître dix centimètres plus grand.

« Ça a été instructif, dis-je à Lorenzo en vérifiant mon agenda du jour.

—Ne me laisse pas dans le suspense. C'était lui qui a essayé de te descendre ?

— Je ne pense pas.

— Alors qui ?

— Tu savais qu'oncle Vinny était en ville ? dis-je en observant attentivement Lorenzo pour détecter tout mensonge.

— Oncle Vinny ? répéta-t-il, l'air étonné. Depuis quand ?

— Je ne sais pas. Mais s'il est de retour, il y a forcément une raison. Il a été persona non grata avec Papa toute notre vie. Maintenant Papa est en colère contre moi pour m'être marié et oncle Vinny revient ?

— C'est un coup de Papa, contre toi, affirma Lorenzo.

— C'est ce que pense Matteo.

— Alors, qu'est-ce que tu comptes faire ?

— On doit le trouver et comprendre pourquoi il est ici.

— Et s'il est là pour faire le sale boulot de Papa ?

— On l'élimine.

— On l'élimine ? » répéta Lorenzo, soudain plus pâle. Aussi dangereux que pouvait être Lorenzo, il n'avait jamais tué personne. Il y avait une part de moi qui aimait ça. Avoir du sang sur les mains n'était pas une médaille d'honneur. C'était un mal nécessaire.

Si je pouvais protéger mon petit frère de ça, je le ferais. C'était le moins que je puisse faire. Avec l'enfance que nous avions eue, certaines choses étaient inévitables. La proie doit apprendre à survivre parmi les prédateurs. Mais regarder la lueur s'éteindre dans les yeux de quelqu'un n'était pas quelque chose que Lorenzo devait vivre.

« Kuroi et moi, précisai-je.

— Toi et Kuroi ? dit-il en regardant à nouveau mon mari.

— Oui. Ce sont des affaires de famille. Je garde ça en famille, dis-je, envoyant un message à Lorenzo sur ce que Kuroi représentait pour moi.

— Compris. Sais-tu où il se trouve exactement ?

— On n'en est pas encore là, expliquai-je.

— Je peux le découvrir, intervint Kuroi.

— Toi ? Comment ? Tu ne sais rien de lui, dis-je à mon mari étonnamment calme.

— Je n'ai pas besoin de ça. Tout ce qu'il me faut, c'est son nom. Comment s'appelle-t-il ?

— Vincent Ricco.

— Laisse-moi jusqu'à la fin de la journée », dit Kuroi avant de se lever et de sortir.

Lorsqu'il fut parti, Lorenzo se retourna vers moi et baissa la voix.

« Es-tu sûr de pouvoir lui faire confiance, Dante ?

— À qui ? Kuroi ? »

— De qui veux-tu que je parle ? » s'emporta-t-il. Je le fixai, n'appréciant pas la façon dont il avait haussé le ton.

— Désolé, Dante. Mais oui, Kuroi. Réfléchis. On l'appelle la Veuve Noire. Tous ceux avec qui il est meurent. Tous !

— C'est un autre problèmes. Je ne veux plus entendre parler de cette connerie de Veuve Noire.

— Tu ne veux plus en entendre parler ? Dante, tu l'as épousé, et juste après, tu as failli mourir. Tu penses que c'est une coïncidence ?

— Tu penses que le fait de me marier avec Kuroi a énervé Papa au point qu'il veuille me tuer ?

— Mais c'est ça le truc. Admettons que ce soit Matteo qui t'ait tiré dessus. Comment ça s'est passé ?

— Que veux-tu dire ? »

Lorenzo se leva et se mit à faire les cent pas dans la pièce.

« D'accord, tu dis que quand nous sommes montés là-bas, ton plan était de dissuader Sato de l'affaire, c'est bien ça ?

— C'est ça.

— Alors il n'y avait aucun moyen pour toi de savoir qu'il avait prévu de te marier à son fils sur-le-champ. Et si tu ne le savais pas, Papa ne le savait sûrement pas. Alors pourquoi aurait-il envoyé Matteo te suivre avec un fusil de précision ?

— Je ne sais pas. Notre père est vraiment tordu.

— Oui. Mais pourquoi as-tu dû reprendre le contrôle de l'entreprise ?

— Parce qu'il n'était pas stratégique, réalisai-je.

— Exactement. Et il faut une certaine planification stratégique pour réussir. Je pourrais le faire. Peut-être que tu pourrais le faire. Mais Papa et Matteo… ? »

Je devais admettre que Lorenzo avait raison. Je donnais à Papa beaucoup plus de crédit qu'il ne le méritait. Oui, Matteo semblait être le seul capable de réussir ce tir. Mais pourquoi l'aurait-il fait ?

« Que suggères-tu, que j'ai inventé le fait de m'être fait tirer dessus ?

— Je ne suggère pas que tu aies inventé quoi que ce soit. Mais, et si la sensation dans ton cou n'était pas ce que tu crois ?

— Qu'est-ce que ça pourrait être d'autre ?

— Ça pourrait être une pression nerveuse aléatoire. Ça pourrait être une douleur fantôme. J'en ai tout le temps. Pour aucune raison, j'ai mal quelque part, puis ça disparaît.

— Donc tu penses que c'était dans ma tête ?

— Ce que je dis, c'est que la solution la plus évidente est généralement la bonne. Il n'y a qu'une personne capable de réussir un tir comme ça et il n'y avait aucune raison pour que cette personne ait été là. Ce qui laisse le baiser de la Veuve Noire comme la cause la plus probable de ton accident.

— Je t'ai dit d'arrêter avec cette merde de Veuve Noire.

— Alors donne-moi une autre explication. Tu es là. Il t'embrasse. Moins de cinq minutes plus tard, tu fonces dans un arbre. Qu'est-ce qui aurait pu se passer d'autre ? »

Je tournai mon regard vers la fenêtre, sachant qu'il y avait une autre possibilité.

« Qu'est-ce qui aurait pu se passer ? répéta Lorenzo, toujours aussi perspicace.

— Quand j'étais à l'hôpital, le médecin, celui de Sato dois-je préciser, avait cette idée folle que ça pourrait être autre chose. »

Lorenzo inclina la tête comme un chien entendant un son inconnu.

« Le médecin a suggéré que ce n'était pas une agression. Elle pensait que c'était... » Je fis une pause, cherchant une raison de ne pas le dire. Je n'en trouvai pas. « ...Une attaque de panique. »

Lorenzo me fixa sans voix. Je pouvais voir les rouages de son esprit s'activer.

« Non, conclut-il, aussi confiant que jamais.

— C'est ce que j'ai dit. Bien sûr que ce n'était pas une attaque de panique. Je ne fais pas de putain d'attaque de panique.

— Tu n'en fais pas. »

Je fixai de Lorenzo, confiant.

« D'accord. Mais comment le sais-tu ? demandai-je.

—Qu'est-ce que tu veux dire par comment ? Je te connais.

— Tu ne sais pas tout de moi.

— Tu parles de tes plans cul avec des mecs ?

— Fais attention à ce que tu dis, rétorquai-je, revenant à mes réactions d'avant Kuroi.

— Tu as épousé un putain de mec. Je pense que tu peux admettre que tu as déjà baisé avec des hommes. Quoi ? Tu penses que je ne l'ai jamais fait ? Tu penses que Matteo ne l'a jamais fait ?

— Quoi ? » fis-je, ahuri.

— Tout ce que je dis, c'est que je te connais. Même quand tu pensais que je ne savais pas, je savais. Et je te le dis, ce n'était pas une attaque de panique. »

Je me laissai tomber sur ma chaise, abasourdi. Pendant des années, j'avais caché ce que je faisais. Depuis combien de temps le savait-il ? Qui d'autre savait ?

« À qui d'autre l'as-tu dit ? demandai-je, honteux.

— Quoi ? Ce que tu fais dans le secret de ta chambre à coucher qui n'a rien à voir avec la famille ou quoi que ce soit d'autre ?

— Oui. Tu semblais ne pas avoir de problème à me le dire pour Matteo.

— Je te l'ai aussi dit pour moi. Tu ne comptes pas me poser des questions là-dessus ?

— Le gars dans le couloir cette nuit-là quand je suis venu. Il venait de chez toi. C'est pour ça que tu avais assez à manger pour deux personnes. »

Lorenzo hocha la tête.

« Depuis combien de temps es-tu avec lui ?

— Pas longtemps. Je ne dirais pas que c'est sérieux. Notre monde est dur pour quelqu'un qui n'a aucune idée de ce dans quoi il s'embarque.

— Alors tu comprends.

— Tu veux dire, pourquoi tu fermes les yeux sur le fait que Kuroi essaie de te tuer ?

— Non. Je veux dire, pourquoi ce n'est pas Kuroi. Réfléchis. Ce que tu ressens, c'est ce qu'il ressent. Ce n'est pas un putain de monstre. Je comprends son monde. Merde, j'en fais partie. Pourquoi voudrait-il tuer le seul homme qui le comprend ?

— Parce que c'est dans sa nature. Les Veuves Noires ne tuent pas par envie. Elles le font pour survivre. Qui sait, peut-être qu'il t'aime. Mais ça ne l'empêchera pas de te dévorer après que tu lui aies donné ce dont il a besoin. »

Chapitre 11

Kuroi

Quand on n'arrive pas à sortir de ses pensées, on s'immerge dans le travail. Je ne sais plus qui a dit ça, alors je m'en attribue la paternité. Une création originale de Kuroi.

Je ne m'attendais pas à ce que Dante me réveille ce matin-là. Je pensais lui donner ce qu'il voulait en désertant sa chambre. N'était-ce pas l'accord que nous avions conclu, que je ne devrais être dans sa chambre que quelques fois par semaine ?

J'y avais dormi plusieurs nuits de suite. Ne voulait-il pas que je lui laisse un peu d'espace ? Si c'était le cas, pourquoi n'était-il pas simplement parti travailler ?

Et il m'avait pratiquement interdit d'entrer dans son bureau. Or, ce matin, il m'avait invité à l'y accompagner ? C'était sûrement sa façon de braver la mort. Alors, s'il finissait mort, ne l'aurait-il pas cherché?

Au lieu de laisser mon cerveau privé de sommeil s'emballer, j'avais fait ce que je savais faire de mieux. Il y avait quelqu'un à retrouver. J'avais déjà retrouvé des personnes. L'organisation de mon père était particulièrement bien équipée pour cela et j'y avais un accès total.

Ma première étape fut de rendre visite à la femme que les Yakuza avaient enrichie pour ses services. Le fondement de l'organisation de mon père à New York était l'importation d'héroïne. Ça a l'air dangereux et excitant comme ça, mais c'est en fait assez ennuyeux.

Nous n'étions pas responsables de la culture ou du raffinage. Nous ne nous occupions même pas du transport jusqu'à l'aéroport afghan. Nous la faisions simplement embarquer dans des avions cargos et lui faisions passer la douane aux États-Unis. Une fois qu'elle était entrée, nous la distribuions aux détaillants locaux qui étaient ravis de disposer de nos services.

Les cultivateurs et transporteurs nous considéraient comme leurs grossistes. Les distributeurs nous voyaient comme leur banque. Nous accordions des crédits à ceux qui ne pouvaient pas payer d'avance, et ils avaient un délai pour rembourser. En quoi cela était-il différent d'importer des tapis ?

Ce que cela signifiait, c'est que l'organisation de mon père avait deux spécialités : faire transiter de l'argent et passer la douane. Nous avions des dizaines de personnes sur qui nous pouvions compter pour chacune.

La personne dont j'allais avoir besoin ce jour-là était notre spécialiste en chef en douanes.

Produits ou personnes, elle pouvait faire passer la douane à tout. Elle n'était pas la seule personne à occuper ce poste, mais elle était la meilleure. Non seulement elle pouvait éviter les points de contrôle pour tout ce dont nous avions besoin, mais elle avait accès à la base de données nationale de tout ce qui entrait ou sortait du pays.

« Vincent Ricci », lui dis-je en m'asseyant en face d'elle dans son bureau de l'aéroport.

J'aimais traiter avec elle. Contrairement à tant d'autres, elle n'avait pas peur. On m'avait dit qu'elle avait grandi dans les lignes de métro abandonnées sous New York. C'était une personne-taupe.

Je ne pouvais qu'imaginer ce qu'elle avait vécu enfant. Une motivation suffisante pour s'en sortir et ne plus jamais vivre comme ça. D'après les informations de mon père, elle ne dépensait même pas ce que nous lui versions. Elle devait se contenter de dormir dessus pour se rassurer.

Cela nous convenait. Les achats importants étaient le biais par lequel les personnes dans sa position se faisaient prendre. Se constituer un bas de laine, non. Nous avions juste besoin de résultats et elle nous les apportait.

« Arrivant ou partant ? me demanda-t-elle en me fixant de ses yeux vides de personne-taupe.

— Arrivant. On pense qu'il est déjà là.

— Depuis combien de temps ?

— On ne sait pas. Peut-être quelques jours. »

Elle hocha la tête et se perdit dans les données qui clignotaient sur l'écran.

— La recherche prendra un certain temps.

— Dois-je attendre le résultat ?

— Je ne préférerais .pas Je suis surprise que votre père ait autorisé votre présence ici. Votre présence pourrait soulever des questions.

— Faites juste la recherche », ordonnai-je, sachant qu'elle avait raison.

J'attirais l'attention. J'étais aussi facile à décrire. La dernière chose dont mon père avait besoin était que quelqu'un me reconnaisse comme son fils et se demande pourquoi j'étais venu parler à qui je parlais.

Une heure plus tard, elle releva la tête : « Vincent Ricci, arrivant de Rome, Italie, il y a deux jours ?

— Ça doit être ça. Est-ce que ça indique où il séjourne à New York ? »

Avec quelques frappes supplémentaires, elle me donna une réponse.

« Pouvez-vous le noter pour moi ? » demandai-je, et elle me remit l'information sur un bout de papier. « Merci. »

Alors que je me levais, elle m'arrêta.

« Mon frère ne méritait pas ce qui lui est arrivé. »

M'étant immobilisé, je la regardai, décontenancé.
« Votre frère ?

— Ricci, dit-elle en faisant référence au nom qu'elle avait noté. Matteo Ricci a tué mon frère. Il ne méritait pas ça. »

Je n'avais pas fait le lien. Son frère était l'homme que Matteo avait tué en le traînant derrière sa voiture en territoire Yakuza.

« En effet, il ne le méritait pas, confirmai-je.

— Ils disent qu'il a pété un plomb avec cette fille italienne, mais ce n'était pas son idée.

— Que voulez-vous dire ?

— Quelqu'un lui a dit de le faire. Ou, du moins, lui a mis l'idée dans sa tête.

— Comment le savez-vous ? demandai-je, intrigué.

— Il me l'a dit avant… » Elle s'arrêta, comme si elle n'arrivait pas à admettre que son frère n'était plus là. « Il ne m'a pas dit qui, mais quelqu'un lui a dit qu'elle aimait le sexe brutal.

— Très brutal d'après ce que j'ai entendu.

— Mon frère pouvait se laisser emporter. Mais je vous le répète, ce n'était pas son idée. Il ne savait même pas qui elle était avant qu'on vienne lui murmurer son nom à l'oreille. Maintenant, il est mort. Ricci doit payer pour ce qu'il a fait. »

Saviez-vous que mon père avait réglé la dette des Ricci en me mariant à Dante ? Elle devait le savoir. Qui dans l'organisation ne le savait pas ? Cela signifiait qu'elle remettait en question le jugement de mon père concernant le fait que mon mariage suffise.

« Vous n'avez vraiment peur de rien.

— Qu'est-ce qu'il me reste à craindre ?

— Moi », lui dis-je avant de quitter son bureau et de fermer la porte derrière moi.

Ayant pris un taxi pour l'aéroport, j'en pris un autre pour retourner en ville. Installé à l'intérieur, j'observai l'adresse, me demandant ce que je devrais en faire.

Matteo croyait que Vincent Ricci était en ville pour tuer Dante. Si c'était vrai, il devait apprendre la leçon. Mais était-ce vrai ? Je ne connaissais pas Matteo, donc je ne savais pas si ce qu'il avait dit pouvait être cru.

Il avait braqué une arme sur moi. S'il était prêt à me tuer pour sauver son frère, c'était définitivement un avantage à mes yeux. J'aurais fait la même chose, mais Matteo ne l'aurait pas vu venir.

Quelque temps après que j'aie donné au taxi l'adresse indiquée sur le papier, j'arrivai dans un quartier italien du Bronx. Le genre d'endroit où Dante aurait pu vivre son enfance de Dante. Les rues étaient bordées de maisons de deux étages modestes avec des jardins minuscules. Et sur les perrons, des gars portant des débardeurs blancs et des chaînes en or.

La maison que Vincent Ricci avait notée sur son formulaire d'immigration ressemblait à toutes les autres du quartier. Il n'avait pas précisé chez qui il séjournait. Mais s'il résidait ici, la personne devait habiter là depuis un certain temps.

Cela pourrait-il être la sœur de Vincent ? Dante avait-il mentionné quoi que ce soit sur une tante ? Je n'en étais pas sûr, mais les Italiens étaient connus pour avoir de grandes familles. Son père devait avoir d'autres frères et sœurs. Dante en avait cinq environ. Il en allait certainement de même pour leur père.

Qu'est-ce que ça pouvait être de grandir dans une famille comme celle de Dante ? Je ne savais pas grand-chose de lui avant notre mariage, mais les Ricci étaient une famille mafieuse influente à New York. Tout le monde la connaissait de nom. Dante était le fils aîné respecté. Matteo était le psychopathe. Et les autres restaient à l'écart des projecteurs.

J'avais toujours imaginé finir avec Matteo. Dante avait raison, cependant. Dix minutes seuls et nous nous serions entre-tués. Nous avions d'ailleurs failli le faire.

Mais en regardant dans les yeux de Matteo, je voyais toujours un bisexuel cinglé qui me regardait. Il devait être du genre à te plaquer sur le lit et à te baiser jusqu'à ce que tu perdes toute sensation dans tes jambes. Mais bien sûr, il était tout aussi susceptible de te tuer pour avoir suggéré qu'il était gay. Alors…

Est-ce que cela pouvait expliquer ce qui s'était passé avec le frère de notre spécialiste des douanes ? Je ne doutais pas que cela avait commencé par une confrontation avec Matteo qui lui avait reproché ce qui était arrivé à la sœur de son ami. Mais personne ne va aussi loin avec un homme condamné.

Il aurait pu simplement le tuer. Au lieu de cela, il l'avait traîné derrière sa voiture jusqu'à ce qu'il meure. Puis il l'avait balancé au visage de mon père. Qu'est-ce qui pourrait déclencher un tel niveau de folie en-dehors d'une crise de panique gay ?

Qu'avait-elle dit ? Quelqu'un avait murmuré quelque chose à l'oreille de son frère ? Qu'est-ce que cela signifiait ? Et si c'était vrai, qui aurait pu suggérer quelque chose comme ça ? Et pourquoi ? Se doutaient-ils de la tempête de feu que cela allait déclencher ?

Alors que je réfléchissais à tout cela, un homme italien âgé descendit les escaliers de la maison que je surveillais. Il était plus frêle que je n'imaginais l'oncle de Dante. Il ressemblait à Lorenzo, si quelqu'un devait lui ressembler. Et vêtu d'un costume beige discret, il posa le pied sur le trottoir avec un sourire sur le visage et une démarche enjouée.

C'était Vincent Ricci. Je n'avais aucun doute.

Satisfait de moi-même, j'envoyai un texto à Dante sur le chemin du retour.

« J'ai été sage. Je pense que je mérite une récompense ce soir, écrivis-je, la peau frémissante dans l'attente de sa réponse.

— Sérieux ? Haha. Tu as découvert quelque chose sur Tonton Vinny ?

— Je veux d'abord ma récompense. Réponses après. »

Il y eut une pause avant qu'il ne réponde :

« Que veux-tu ?

— Tu sais ce que je veux. »

J'envisageai de répondre avec un emoji clin d'œil, mais comme je n'étais plus un ado, je ne le fis pas. Lui, cependant, répondit par deux emojis, une palette en cuir et une main ouverte. Le texte qui suivait disait : « Choisis-en un ».

Une douce chaleur envahit mon corps et mon cœur se mit à battre à tout rompre.

« Les deux, répondis-je répondu.

— Choisis-en un ».

J'envoyai un emoji larme.

« Oh, tu le feras. Choisis-en un. »

Mon sexe était désormais si dur qu'il me faisait mal. Comment étais-je censé choisir entre les deux ? Je voulais tout ce qu'il avait à m'offrir.

« Tu as dit que si j'étais sage, je pouvais avoir les deux, protestai-je.

— CHOISIS-EN UN, répondit-il, me faisant frissonner de désir.

— Oui, monsieur », écrivis-je passant de mon mode garçon rebelle à celui de soumis obéissant.

Je ne savais toujours pas lequel des deux je voulais. L'idée de sa grande main nue frappant mon cul me faisait trembler les genoux. Mais imaginer le son lorsque la palette en cuir claquait mes fesses…

Je répondis avec l'emoji palette.

« Je serai à la maison à 18h30. Tu seras prêt et tu feras ce que je te dirai. »

Mon esprit bouillonnait du plaisir de l'anticipation. Je serais à la maison une heure avant lui. J'aurais le temps de me préparer. Comment m'habiller, cependant ?

Me pressant d'aller voir le placard de la chambre d'amis où je rangeais mes vêtements, je fouillai jusqu'à y trouver un vêtement qui se démarque. Une robe longue que j'avais achetée pour un événement particulier. Conçue pour couvrir complètement celui qui la portait. Quoi de mieux pour montrer qu'on est soumis obéissant qu'une tenue de prêtre catholique ?

Après avoir décidé de la porter sans rien en dessous et ouverte à l'arrière, il ne restait qu'à régler le problème de mes cheveux et de mon maquillage. En me regardant dans le miroir, la seule chose que je voyais était le diable. Mais ce n'était pas dans le thème. J'avais besoin d'un look d'écolier de collège privé ou quelque chose comme ça.

N'ayant plus que quarante minutes avant le début de la soirée, je pris une douche et me lavai les cheveux. C'est alors que cela me frappa. Dante ne m'avait jamais vu avec ma tignasse lissée en arrière. Ainsi, je ressemblai à ce que j'étais, un Japonais. Quoi de plus obéissant et soumis que cela ?

À l'aide de mon gel coiffant le plus épais, je plaquai mes cheveux jusqu'à ce que chaque boucle disparaisse. Ensuite, j'appliquai du mascara jusqu'à ce que mes grands yeux s'inclinent et que les plis de mes paupières s'effacent. Je ne m'attendais pas à voir cette image dans le miroir quand j'eus terminé.

Kuroi avait disparu. Devant moi se tenait le garçon que mon père aurait eu sans la noirceur de ma mère. Mon père aurait-il aimé cette version de moi ? Aurait-il donné ce fils à ses partenaires commerciaux pour le mettre à leur disposition ?

Je ne le saurai jamais car cela ne serait jamais moi. Mais ce soir-là, je pouvais faire comme si. Et le garçon qui me regardait dans le miroir avait honte de tout le mal qu'il avait fait.

Il voulait être puni. Il avait désespérément besoin de purifier son âme pour pouvoir être bon à nouveau. Il voulait tant être sage.

Tiré de mes pensées par l'ascenseur qui s'ouvrait, je me tournai vers la porte de la chambre en sentant ma poitrine se serrer. Ce n'était pas moi qui irais là-bas pour rencontrer Dante. C'était Shiro. Je savais comment Shiro pensait et se comportait car c'était l'opposé de mon propre comportement.

M'éloignant du miroir, j'ajustais l'aube autour de moi et m'approchai de la porte fermée de la chambre.

« Kuroi ? » appela Dante d'une voix autoritaire.

Je pris une inspiration et ouvris la porte.

« Kuroi n'est pas ici. Il m'a envoyé prendre sa punition. »

Les yeux de Dante s'écarquillèrent en me voyant. Il eut l'air décontenancé, mais seulement un instant.

« Est-ce que tu as accepté ça parce que Kuroi a beaucoup à se reprocher ? » demanda Dante, en levant la palette qu'il tenait à la main.

Elle mesurait environ trente centimètres de long et huit centimètres de large. Tout était recouvert de cuir. En la voyant, je sentis mon sexe frémir. Mon souffle s'emballa.

« Oui, monsieur.

— Tu vas prendre sa punition pour lui ?

— Je prendrai tout ce qu'il doit recevoir, » dit Shiro en s'inclinant.

La tête baissée, je ne pouvais pas voir ce que faisait Dante.

« Kuroi t'a dit de faire tout ce que je disais ?

— Oui, monsieur. Je dois faire tout ce que vous me demandez.

— Quel est notre mot de sécurité ?

— Cerise.

— Lève-toi », ordonna-t-il.

Je m'exécutai. En rencontrant son regard, je décelai une lueur dans ses yeux que je n'avais jamais vue auparavant. Je ne savais pas quoi en penser. Je savais seulement que j'en voulais plus.

« Où est ton téléphone ?

— Mon téléphone ? répétai-je pris au dépourvu.

— Ou le téléphone de Kuroi. Où est-il ?

— Il est… » Je jetai un coup d'œil vers la chambre d'amis, me demandant si je l'avais laissé dans la poche de mon pantalon. « … là-bas.

— Va le chercher. »

Ne voyant pas où il voulait en venir, je fis ce qu'il m'avait demandé. Avec de petits pas comme ceux des prêtres dans les vieux films de kung-fu, je récupérai mon téléphone et je revins. Dante inspecta la pièce du regard.

« Pose-le sur l'îlot de cuisine. Verticalement », ordonna-t-il.

Suivant ses instructions, je l'appuyai contre le panier de fruits, excité qu'il veuille filmer ça.

« Maintenant, penche-toi pour que ton visage apparaisse à l'écran.

— Quoi ?

— Qu'est-ce que tu as dit ? demanda Dante, l'air agacé.

— Quoi, monsieur ? »

Il se calma.

« Tu m'as entendu. » Il répéta lentement : « Penche-toi pour que ton visage apparaisse à l'écran. »

Je fixais Dante, incertain de ce qui se passait. Mon cœur battait fort dans ma poitrine. La terreur s'insinuait dans mes pensées, mais je fis ce qu'il m'avait demandé.

Avec mes avant-bras à plat sur le comptoir et mon ventre pressé contre le bord, ma cape s'écartait, révélant mes fesses. Se glissant derrière moi, il effleura légèrement ma peau nue avec lui cuir. Je pensais qu'il s'apprêtait à se lâcher lorsqu'il dit :

« Maintenant, appelle ta sœur en visio », dit-il d'une voix basse et sombre.

Je fus choqué. Il ne pouvait pas être sérieux. Je n'étais pas Kuroi. J'étais Shiro. Et Yuki ne connaissait rien de ce côté de moi. Elle était naïve et innocente. Je ne pouvais pas l'appeler ainsi.

« J'ai dit appelle la sœur de Kuroi ! Tu connais le numéro, non ?

— Oui, monsieur, répondis-je, embarrassé pour Shiro.

— Kuroi t'a dit de faire tout ce que je te dirais, n'est-ce pas ?

— Oui, monsieur.

— Alors fais ce que je dis et appelle Yuki maintenant. »

Je ne comprenais pas ce qui se passait, mais je le fis. J'appelai Yuki, priant pour qu'elle ne décroche pas.

« Bonjour ? dit-elle avant de reculer à la vue de Shiro remplissant l'écran.

— Bonjour, c'est Shiro. On m'a dit de t'appeler. »

À peine avais-je terminé que je sentis la palette heurter mes fesses nues plus fort que je n'aurais pu l'imaginer. Le bruit était assourdissant. En l'entendant, Yuki réagit avec horreur.

J'étais stupéfait de ce qui se passait. J'étais embarrassé. Durant toutes les années où j'avais joué à ces jeux, je n'avais jamais vécu cela. Mais avant de pouvoir réagir, je ressentis à nouveau la palette.

En entendant le second coup, cette fois, Yuki resta calme. Son stoïcisme était de retour.

« Est-ce que tu es en train d'être discipliné, Shiro ? demanda-t-elle comme si elle me demandait ce que j'avais pris pour le petit déjeuner.

— Oui, madame. C'est ça. »

Dante se déchaîna à nouveau. Sa frappe était tellement intense que mes jambes se mirent à danser. Pourtant, mon visage ne quitta jamais l'écran.

« Apprends-tu à te soumettre à tes supérieurs ? demanda-t-elle d'un ton plus sévère.

« Oui, madame. J'apprends. »

Dante frappa à nouveau. Je fermai les yeux pour essayer d'absorber la sensation.

« Ne ferme pas les yeux. Regarde-moi », ordonna-t-elle comme si elle faisait partie de cette scène.

Je fis ce qu'on disait.

« Bien. Maintenant, tu seras obéissant… »

Un autre coup.

« Tu seras soumis… »

Un autre coup.

« Et tu feras ce qu'on te demande. »

Un autre coup.

« Oui, madame. »

« Ne laisse pas cela se reproduire, » dit-elle en terminant l'appel.

Aussitôt, Dante se pencha sur moi, pressant son corps vêtu contre le mien. Son grand sexe dur appuyer contre ma hanche et la palette reposant sur l'arrière de ma jambe, il me murmura à l'oreille.

« Tu vas être mon gentil garçon, hein ? »

Le grondement de sa voix grave me fit frissonner de désir. J'aurais dû être en colère contre lui. Il m'avait humilié devant ma sœur. Mais je n'arrivais à penser qu'à une chose : son sexe dans mon cul.

« Oui, monsieur ! criai-je.

— Dis-le plus fort.

— Oui, monsieur ! Je serai un bon garçon à partir de maintenant ! »

Je pouvais l'entendre grincer des dents.

«Ça c'est mon homme », répondit-il avant de frapper l'arrière de ma cuisse avec le cuir. Alors que je rejetai la tête en arrière sous le coup de la douleur, il déboutonna son pantalon, sortit son sexe imposant, trouva mon trou et me pénétra.

Et là encore, il se montra impitoyable. Me plaquant contre le comptoir alors qu'il me possédait, il me murmura à l'oreille :

« Tu es si beau. Tu es la chose la plus sexy que j'ai jamais vue. Je te veux. Je veux chaque partie de toi. Tu es parfait. Je ne pourrai jamais trouver quelqu'un de mieux que toi. »

C'était trop. C'était beaucoup trop. Arraché à ce monde, je fus projeté dans un autre. Un monde où il n'y avait que moi et lui. L'humiliation, la douleur, l'amour étaient des objets physiques qui me traversaient. Bringuebalée d'une émotion à l'autre, je sentis mon sexe douloureusement dur tressauter une dernière fois avant que je ne crie et que je n'éjacule.

En m'entendant, Dante attrapa mes cheveux. Me forçant à écarter les cuisses, il s'accroupit et s'acharna vraiment. J'étais une poupée de chiffon entre ses mains. Plaqué sur le comptoir, je ne pouvais plus bouger. Et lorsque je ne pus plus tenir, il beugla et me remplit de son jus.

Sa main dans mes cheveux avait été la seule chose qui me permettait de tenir debout. Se relâchant dans une stupeur épuisée, Dante s'effondra sur moi. N'étant plus maintenu, je m'écroulai sur le comptoir. Les respirations lourdes de Dante m'enveloppèrent. Cela sentait son baiser.

Au bout d'un bref laps de temps, Dante passa sa main sous ma poitrine pour m'enlacer. Je le voulais aussi, mais je ne pouvais plus bouger. J'étais trop abattu pour bouger.

Mais je n'eus pas à me contenter de le sentir sur moi bien longtemps. Aussitôt qu'il retrouva son souffle, il se redressa, me hissa dans ses bras et me porta dans son lit. Ma tête reposant sur son épaule, je regardai mon aube traîner derrière nous. Une fois qu'il m'eut déposé sur le matelas, il se hâta de me déshabiller.

Toujours trop bouleversé pour bouger, je regardai Dante se dévêtir. Son torse tatoué ruisselait alors qu'il se mouvait. Ses abdominaux étaient nets et bien dessinés.

Après avoir baissé son pantalon entrouvert, il enleva son boxer. Bien qu'il ne fût pas en érection, son sexe était encore bien présent. Cela aurait été la taille parfaite pour le sucer. J'aurais pu l'enfoncer dans ma gorge. Mais je n'en eus pas l'occasion, car une fois nu, il s'allongea sur le lit à côté de moi et me serra dans ses bras.

Je ne sais pas pourquoi, mais c'est à ce moment précis que tout ce qui s'était passé libéra quelque chose en moi. Alors qu'il me berçait doucement, je me mis soudain à pleurer. Ce n'était pas moi qui pleurais, bien sûr. C'était Shiro. Moi, je ne ressentais rien de ce genre. D'ordinaire, je ne ressentais rien du tout.

Mais, apparemment, Shiro était un pleurnichard. Tout ce que je n'étais pas. Et pendant qu'il sanglotait lamentablement, Dante le serra fort. Sa grande main calant l'arrière de ma tête, il me pressa contre lui.

Pourquoi Shiro était-il la seule version de moi que mon père pouvait aimer ? Qu'est-ce que Kuroi avait de si facile à mépriser ? Ce n'étaient que des questions pour moi, mais Shiro pleurait pour elle. Si pathétique. Dieu merci, je n'étais rien de tout cela. Quelle honte cela aurait été ?

Dante continua de serrer Shiro jusqu'à ce qu'il ne puisse plus pleurer. Ce ne fut que lorsque sa crise de larmes fut terminé que je pus me détendre. Écoutant les battements puissants du cœur de mon mari, je me sentais en sécurité. Et enfoui dans ses bras puissants, je m'endormis lentement.

Chapitre 12

Dante

Qu'est-ce que j'avais fait, bon sang ? Avais-je brisé Kuroi ? L'homme que j'avais épousé ne pleurait jamais. Il montrait à peine des émotions. C'est comme s'il était devenu une autre personne.

Il s'était présenté comme Shiro. J'avais pensé qu'il faisait du roleplay. C'est pourquoi j'étais entré dans le jeu. Et il connaissait le mot de sécurité. Je m'en étais assuré. Il aurait pu arrêter à tout moment ce que je faisais. Alors pourquoi ne l'avait-il pas fait ? Juste au moment où je pensais le comprendre et pouvoir prédire ses réactions, il avait agi ainsi.

Bien sûr, je n'aurais jamais imaginé que je le ferais faire ce que je lui avais fait faire la veille au soir. Mais je l'avais fait. Je ne savais pas ce qui m'avait pris.

Je comptais juste le faire asseoir sur mes genoux et le frapper légèrement. …D'accord, ce n'est pas tout à fait vrai. Aussitôt qu'il en avait fait la demande, j'avais décidé d'improviser. Et puis je m'étais souvenu de Yuki me disant que Kuroi avait besoin d'une main ferme.

Je devais être honnête, le fait qu'elle me dise ça m'avait un peu énervé. Je n'aurais su dire pourquoi. J'étais allé la voir pour des conseils. Et elle m'en avait donné. Mais c'était sa façon de dire les choses. Comme si elle était la grande impératrice, et que je ne savais rien. Elle m'avait donné l'impression de ne pas mériter Kuroi ou quelque chose comme ça.

Alors, quand j'avais vu Kuroi devant moi, dans cet état-là, l'idée m'était venue. Et je n'avais pas imaginé ce que ferai Yuki quand elle verrait Kuroi habillé comme il l'était, mais je n'aurais jamais prédit qu'elle réagirait comme elle l'avait fait.

C'était comme si nous travaillions ensemble. Mais je ne pouvais soutenir aucun de ses discours sur le fait que Kuroi devait connaître sa place. Kuroi connaissait sa place. Sa place, c'était à mes côtés, comme le roi qu'il était.

Pourtant, en entendant ses paroles, j'avais continué. J'étais trop excité pour m'arrêter. Cela avait dû blesser Kuroi, non ? Et c'était pour ça qu'une fois dans mon lit, il s'était effondré en larmes. Alors pourquoi n'avait-il pas utilisé le mot de sécurité ? L'avait-il oublié ?

« Bonjour, me dit Kuroi en souriant.

— Bonjour, répondis-je, n'ayant pas dormi une seconde.

— Est-ce que je vais devoir te menotter aujourd'hui ?

demanda-t-il, l'air reposé et détendu.

— Tu n'auras pas besoin de le faire parce que je ne te laisserai jamais partir. »

Kuroi me regarda un instant puis se pencha en avant pour m'embrasser. Après quoi il plongea son regard dans le mien.

« À propos de la nuit dernière… commençai-je.

— Ne parlons pas de la nuit dernière », dit-il sans cesser de sourire paisiblement.

Mais il fallait qu'on en parle, non ? Je n'avais jamais été du genre à discuter de ces choses, mais s'il y en avait une dont nous devions discuter, c'était ce qui s'était passé la nuit dernière.

« Je voudrais juste savoir. Tu te souvenais de notre mot de sécurité, hein ? »

Le sourire de Kuroi s'élargit. Caressant doucement ma joue, il m'apaisa.

« Oui, je me souvenais de notre mot de sécurité.

— Je voulais juste en être sûr », dis-je, ne me sentant pas mieux, mais sachant que je n'avais franchi aucune limite.

Cependant, je sentis les muscles de mes épaules se détendre. Tout mon corps aussi. Avec cela vint la vague d'épuisement d'être resté éveillé toute la nuit. Mes paupières devinrent lourdes. Et alors que j'allais sombrer dans le sommeil, Kuroi dit :

« Au fait, je n'ai jamais eu l'occasion de te dire pourquoi j'avais mérité une récompense hier soir.

— C'est vrai, répondis-je sans trouver la force de rouvrir les yeux.

— J'ai trouvé ton oncle.

— Je m'en doutais. Où est-il ?

— Attaché dans un entrepôt dans le Bronx. »

Mes yeux s'ouvrirent brusquement.

« Quoi ?

— Je me suis dit que tu voudrais lui parler et j'ai pensé te faciliter la tâche, répondit Kuroi, l'air satisfait de lui-même.

— C'est… Je ne… balbutiai-je, cherchant mes mots. Pourquoi as-tu fait ça ?

— Parce qu'il pourrait être ici pour te tuer. Il ne peut pas te tuer s'il est attaché dans un entrepôt.

— Il a passé toute la nuit là-bas ? demandai-je, pleinement éveillé et assis.

— Je ne voulais pas le laisser là. Mais j'ai été distrait par quelque chose. Qu'est-ce que c'était déjà ? Ah oui, ton sexe en moi », dit-il d'une voix espiègle.

Sautant du lit pour me préparer, je dis à Kuroi : « Tu dois m'emmener le voir. »

Se retournant pour m'observer, il répondit : « Il est resté là toute la nuit. S'il avait envie de pisser, il a déjà dû se pisser dessus à l'heure qu'il est. Qu'est-ce qu'une heure de plus au lit ?

— Ce n'est pas une blague, Kuroi. Tu dois m'y emmener maintenant.

— Tu n'es pas marrant », dit mon mari en se conformant visiblement à contrecœur.

Une fois habillé, je ne laissai pas Kuroi suivre sa routine habituelle de choisir une tenue et de se maquiller. Pourtant, il réussit à avoir un style impeccable et à être sexy comme jamais. Matteo se voyait comme un beau gosse. Mais Kuroi avait toujours l'air de sortir d'un podium.

« Qu'est-ce que tu attends ? Allons-y », me dit-il en entrant dans le salon comme si ce n'était pas moi qui l'attendais.

Après avoir sauté dans ma voiture, nous quittâmes le centre pour le Bronx.
« Mon père a des entrepôts dans chaque quartier, expliqua-t-il.
— Pour stocker ses produits ?
— Ce sont plutôt des centres de distribution. Il en a quelques-uns et il alterne avant de vendre. Celui-ci est vide. »

Cela m'en apprenait beaucoup sur l'organisation de Sato. Si jamais nous entrions en guerre, je savais désormais comment le paralyser. Je ne savais pas si Kuroi avait voulu me révéler ces informations, mais il n'y avait aucun moyen que je les utilise pour lui faire du mal.

En approchant de l'entrepôt, je compris pourquoi Sato l'utilisait pour la distribution. La seule entrée donnait sur une ruelle. Et derrière sa clôture et son petit patio, l'endroit était très facile à sécuriser.

« Que lui as-tu dit en le coinçant ?

— Est-ce que j'ai l'air d'un homme de main ? Je ne l'ai pas coincé. Je l'ai convaincu de me suivre.

— Comment as-tu fait ça ?

— Il s'avère que vous partagez, ton oncle et toi, un goût pour les hommes.

— Tu as baisé avec lui ? ai-je dit, sentant ma colère monter en flèche.

— Tu es devenu fou ?

— Comment veux-tu que je sache ce que tu voulais dire par là ?

— Tu es censé savoir que je ne baiserais jamais avec ton oncle, l'homme qui pourrait être là pour te tuer.

— Rassurant.

— Qu'est-ce qui t'arrive, Dante ? J'ai fait quelque chose de gentil pour toi. »

Je me calmai.

« Tu as raison. Ce que tu as fait était bien. Je… C'est juste que je n'arrive pas à penser à toi avec quelqu'un d'autre. Je jure devant Dieu, si tout ce que Yuki m'a dit sur ce qui t'est arrivé enfant est vrai, je tuerais tous ceux qui t'ont touché. »

Kuroi me dévisagea, figé.

« Pourquoi tu me regardes comme ça ?

— Qu'est-ce que Yuki t'a dit sur mon enfance ?

— Elle ne m'a rien dit sur ton enfance. Ce qu'elle m'a raconté, c'est une histoire tordue sur le fait que tu étais un genre d'apprenti japonais ou je ne sais quoi.

— Un kagema, dit Kuroi en baissant les yeux. Et tu ne l'as pas crue ?

— Allons, il n'y avait aucun moyen qu'elle soit sérieuse. Je veux dire, Sato est un connard, mais tu es son fils. »

Kuroi détourna le regard vers le sol.

Je conduisais, mais la vue de ses yeux fuyant capta toute mon attention.

« Attends, c'est pour ça que tu pleurais hier soir ?

— J'ai dit que je ne voulais pas parler de ce qui s'est passé hier soir. »

Je pouvais sentir monter en moi la colère, prête à exploser. Il allait falloir que j'arrête la voiture.

« C'est juste là, dit Kuroi en pointant du doigt un bâtiment.

— Je m'en fous de l'endroit où c'est. » Une fois la voiture immobilisé, je me tournai sur mon siège pour lui faire face. « Écoute, je suis désolé pour ce que j'ai fait hier soir. La vérité, c'est qu'après nos premières nuits ensemble, je suis allé voir ta sœur pour obtenir des conseils sur la meilleure façon de te gérer.

— De me gérer ? Je ne suis pas un chien !

— Non ! Mais tu as oublié ce que tu m'as fait ? Tu m'as carrément poignardé la nuit où tu as emménagé. Et la nuit suivante, tu m'as lancé un plat à gratin. Lorenzo a dû me recoudre. J'ai failli mourir en allant le voir. Donc, oui, j'avais besoin d'aide pour savoir comment te gérer pour ne pas finir mort. »

Cela fit taire Kuroi.
Sentant que je m'étais montré un peu trop enflammé dans mon explication, je lui pris la main.

« Ce n'était pas ce que je voulais dire. Je suis allé voir Yuki parce qu'elle te connait mieux que moi. Mais ce qu'elle m'a raconté était incroyable. Elle a dit que Sato t'avait fait devenir…

— Kagema, dit-il, toujours sans me regarder.

— C'est ça. Et elle a dit que Sato t'avait donné à quelqu'un comme un genre de prostitué ?

— Prostitué ? Non, c'est différent de ça, répondit Kuroi.

— Ça ne devrait même pas s'en rapprocher. Dis-moi que c'est l'un de tes fantasmes tordus. Ou dis-moi n'importe quoi. Mais, si tu me dis que c'est vrai…

— C'est vrai, dit-il en croisant enfin mon regard.

Un feu explosa en moi. J'étais un chaudron prêt à déborder. Je tuerais tous les hommes qui l'avaient touché. Puis je tuerais Sato. Je lui couperais les doigts un à un et les lui ferais avaler.

« Amène-moi à lui, exigeai-je.

— Qui ? Ton oncle ?

— Je me fous de mon oncle. L'homme auquel Sato t'a donné.

— Il est mort. »

Je m'efforçai de retrouver mon souffle.

« Alors amène-moi au suivant.

— Lui aussi est mort. Ils sont tous morts.

— Tu les as tués ? Tu aurais dû.

— Je ne me souviens pas l'avoir fait. Je ne me souviens pas avoir tué aucun d'eux.

— Qu'est-ce que tu veux dire par là ?

— Ils sont morts de crises cardiaques. Tous. Je suis un poison. »

La douleur dans la voix de Kuroi me tira de ma rage.

« De quoi parles-tu ?

— Je suis le poison qui les a tués. Quiconque couche avec moi meurt. Tu vas mourir.

— Comment vais-je mourir ?

— Je ne sais pas », dit-il, d'un air de regret.

Je pris la main de Kuroi.

« Écoute-moi, Kuroi. Tu ne me feras pas de mal.

— Tu n'en sais rien.

— Je le sais. Tu n'es pas un poison. Tu es tout ce que j'ai jamais rêvé. Je ferai tout pour te protéger et tu feras tout pour me protéger.

— Et si je ne peux pas te protéger de moi-même ?

— Je ne veux pas que tu me protèges de qui tu es. Je veux tout ce que tu es. Je veux tout. Tu ne peux pas me faire peur. Je suis là et je suis ton mari. Et si je sais que je resterai toujours, c'est parce je sais que tu t'en assureras. Tu peux compter sur moi pour te soutenir et je sais que je peux compter sur toi pour faire de même. »

Kuroi ne répondit pas. Il n'avait pas besoin de le faire. Je savais que ce que j'avais dit était la vérité et il n'y avait rien qu'il pourrait dire pour me convaincre du contraire.

Mais même si je m'étais calmé, j'étais toujours enragé. Sato allait payer pour ce qu'il avait fait à Kuroi. J'allais lui arracher la tête à mains nues. Et je ferais de même pour quiconque se mettrait en travers de mon chemin. Mais d'abord…

« Où est mon oncle ?

— C'est cette porte, dit-il en pointant le portail de la clôture et de l'entrepôt.

— Montre-moi », lui demandai-je avant que nous sortions de la voiture et qu'il mène la marche.

En ouvrant la porte de l'entrepôt, je ne vis rien à part une chose. Au centre, il y avait une chaise. Sur elle se tenait un homme que je ne reconnus pas. En entendant la porte s'ouvrir, il redressa la tête et grogna. Non seulement il était attaché à la chaise et bâillonné, mais il portait aussi un bandeau.

Je regardai Kuroi qui soutint mon regard, froidement. Je lui fis un signe pour qu'il aille chercher un verre d'eau. Il sembla réfléchir un instant puis quitta le bâtiment. Avant que j'atteigne la chaise, Kuroi était de retour avec un verre. Je m'arrêtai devant l'homme.

Bien que je ne l'aie jamais vu auparavant, il ressemblait à un Ricci. Plus à Lorenzo qu'à Matteo ou moi. Mais la ressemblance familiale était évidente.

Il sentit ma présence. Ses grognements étouffés se transformèrent en un brouhaha incompréhensible.

« Je vais enlever le bâillon de ta bouche. Est-ce que tu vas me faire regretter de faire ça ? »

Il se calma et secoua la tête.

Je m'approchai lentement, desserrai le bâillon et l'enlevai de sa bouche.

« Gratsi. Gratsi. Merci, dit-il avec un accent italien.

— Maintenant, j'ai de l'eau pour toi. Mais d'abord, tu vas devoir répondre à quelques-unes de mes questions. Est-ce que tu me comprends ?

— Je comprends. Oui.

— Et tu seras honnête avec moi ?

— Je dirai la vérité. Tout ce que vous voulez que je dise. »

Je regardai une fois de plus Kuroi qui gardait le verre, impassible.

« Quel est ton nom ?

— Je ne suis personne. Je suis juste ici pour rendre visite à ma famille. Vous vous êtes trompé de personne.

— Est-ce que tu es Vincent Ricci ? »

Il se figea en entendant le nom.

« J'ai dit, est-ce que ton nom est Vincent Ricci ?

— Je ne sais pas ce que vous voulez de moi. Je n'ai jamais fait de mal à personne. Je suis juste ici en visite familiale. »

J'interprétai cela comme un oui.
« Es-tu venu faire un travail ?

— Je ne suis venu ici pour rien. Je vous l'ai dit. Je suis juste en visite familiale. »

Je m'approchai de lui, serrai le poing et le frappai de toutes mes forces à la mâchoire. Le vieil homme resta silencieux. Je devais faire attention à la suite. J'étais encore enragé par ce que Kuroi m'avait dit. Je l'avais presque mis K.O.

Je tapotai doucement l'autre côté de son visage pour le réveiller.
« Je t'ai dit. Tu dois être honnête avec moi. Tu vas être honnête avec moi ?

— Si. Si, je serai honnête.

— Alors, est-ce qu'ils t'ont autorisé à revenir dans le pays en échange d'un travail ?

— Si. Mon frère avait besoin que je fasse un travail.

— Ton frère t'a dit que tu pourrais revenir dans le pays si tu t'occupais de son fils. C'est bien ça ? Dante Ricci ? »

Encore une fois, il s'immobilisa, cette fois sans doute pour essayer de déterminer qui j'étais.
« C'est ce qu'il m'a demandé. Mais je ne comptais pas le faire.

— Qu'est-ce que tu comptais faire, alors ? Le prévenir ?

— Oui, je comptais le prévenir.

— Tu comptais le trouver et lui faire savoir que son père t'avait envoyé pour le tuer ?

— Je ne pourrais jamais lui faire du mal. C'est mon neveu.

— Alors, qu'est-ce que tu comptais faire à la place ? Lui proposer de l'aider à tuer son père ? »

Une nouvelle fois, il se figea, l'air décontenancé cette fois.

« Non. Je ne comptais pas faire ça.

— Alors qu'est-ce que tu comptais faire, hein ?

— Qui êtes-vous ? Dante ? Matteo ? Es-tu Matteo ? »

Je lançai un regard à Kuroi.

— Oui, je suis Matteo. Et tu comptais trahir Papa, n'est-ce pas ? Après qu'il t'ait laissé revenir, tu allais révéler à mon frère, qui est un lâche, pourquoi tu étais là, c'est ça ? dis-je en commençant à crier.

— Je te jure que non.

— Alors pourquoi tu n'as pas terminé le travail ?

— Tu étais censé me donner l'arme. J'étais là où on m'avait dit d'être. Tu n'es pas venu. J'ai attendu une heure. Je me suis dit que tu ne viendrais pas. Si vous me donnez l'arme, je ferai le travail.

— Et tu pourrais faire ça à la famille ? dis-je sentant la colère pulser à travers moi.

— Ton père m'a dit que ce pédé baisait avec le fils de son ennemi. Ce n'est pas la famille. La famille ne fait pas ça. C'est une honte. Une honte ! cria-t-il. Donne-moi l'arme et je m'occuperai de lui comme ton père l'a demandé. Détache-moi et donne-moi l'arme, » dit-il avec un mélange de colère et de peur.

Je me retournai vers Kuroi une dernière fois. Ses yeux reflétaient ce que je ressentais. Je savais ce que j'allais faire ensuite.

Peut-être aurais-je dû être nerveux en me rendant au dîner dominical chez mes parents. Après tout, mon père avait envoyé son frère pour me tuer. Pourtant, je ne l'étais pas. Peu importait que ce soit la première fois que mon père rencontrait mon mari.

Je ne savais pas comment mon père réagirait face à lui. Avec la tenue que portait Kuroi, je ne pouvais pas imaginer que ça se passe bien. Il avait une sorte de combinaison semblable à celle qu'il portait lors du dîner avec Matteo. Mais ce n'était pas la même, car celle-là était bleu foncé, sans les coutures fantaisie. Et elle avait des manches.

De plus, il ne portait pas beaucoup de maquillage. Du moins, cela ne semblait pas être le cas. Cela lui avait pris une éternité pour s'habiller, donc peut-être visait-il un look discret, ou peu importe comment on appelle ça. Quoi qu'il en soit, je ne pouvais pas m'empêcher de lui jeter des coups d'œil admiratifs et furtifs sur le trajet.

« Est-ce que je t'ai dit que tu étais magnifique ? lui demandai-je en tendant la main à travers la voiture pour prendre la sienne.

— Non, répondit-il avec un sourire en coin.

— Tu es magnifique, dis-je en portant sa main à mes lèvres pour l'embrasser.

— Merci, répondit-il en souriant. Je suis nerveux. »

Je le regardai dubitativement. « Pourquoi serais-tu nerveux ?

— Je veux que ta mère m'aime.

— Ne t'en fais pas. Elle t'aimera.

— Elle sait pour moi ?

— Tout le monde sait pour toi. Tout le monde sait que je t'ai épousé.

— Mais, je veux dire, est-ce qu'elle sait pour toi et moi ? » dit-il en me serrant la main.

Il demandait si elle savait que j'étais tombé amoureux de l'homme que j'avais épousé. Pour que ce soit vrai, elle aurait dû savoir que j'aimais les hommes.

« Elle ne sait pas ce que je ressens pour toi, admis-je.

— Et que ressens-tu ?

— Quoi ? Tu vas me faire le dire ?

— Je ne vais pas te forcer à faire quoi que ce soit, » répondit-il en détournant le regard.

Je ne voulais pas qu'il pense qu'il n'était rien pour moi. Je ne savais pas qu'il était possible d'être aussi heureux qu'avec Kuroi. Je me sentais éveillé et vivant avec lui. Être avec Kuroi donnait un sens à ma vie.

J'étais sur cette terre pour le protéger. Ce n'était pas comme s'il avait besoin de beaucoup de protection. Il savait se défendre. Mais malgré tout, il semblait n'avoir aucune défense contre sa famille.

Je n'appréciai pas ce que Yuki lui avait dit pendant cet appel vidéo. C'était bizarre, pourtant. Depuis ce jour, il semblait avoir moins de poids sur les épaules. Je ne pouvais pas l'expliquer. Mais si c'était à refaire, je ne l'aurais pas refait.

Puis il y avait Sato. Kuroi m'avait depuis lors di combien de fois Sato l'avait cédé à quelqu'un en échange d'une bonne affaire. C'était trois fois. J'étais le quatrième.

La première fois, Kuroi était enfant. Il n'avait pas eu le choix. Les deux fois suivantes, Kuroi n'était plus si jeune. Il aurait pu refuser. Il était assurément assez âgé pour refuser de m'épouser. Mais il ne l'avait pas fait. Il avait accepté sans se battre.

Sato avait donc un certain contrôle sur lui. Que ferait-il d'autre si Sato le lui demandait ? Pourrait-il s'opposer à la volonté de son père même s'il le voulait ?

Ma nouvelle raison de vivre était de le protéger de cela. Sato paierait pour ce qu'il lui avait fait.

« Je t'aime, » dis-je en regardant droit devant moi, ma main englobant la sienne.

Comme il ne dit rien en retour, je le regardai. Il semblait tiraillé. C'était bien. Mon amour pour lui ne nécessitait pas qu'il le dise en retour.

« Je serai toujours là pour toi. Tu m'entends ? Désormais, tu passes en premier. Tu es ma famille. Je veux que tu le saches. »

Je me détendis dans mon siège après l'avoir dit. L'essentiel était qu'il le sache. Trouvant une place dans la rue de mes parents, j'arrêtai la voiture.

« Es-tu prêt pour ça ? demandai-je à Kuroi en lui serrant la main une dernière fois.

— Si tu l'es, » répondit-il en serrant la mienne en retour.

Sortant de la voiture, j'attendis que Kuroi récupère notre contribution au dîner du coffre. Avec elle en main, je le conduisis jusqu'aux marches de la maison où j'avais grandi.

À notre entrée, la première personne que je vis était Lorenzo.

« Vous êtes en retard, me dit-il, clairement à son deuxième verre de bourbon.

— La perfection ne se presse pas, répondis-je en levant les sourcils pour lui faire comprendre ma propre frustration.

— Je n'ai aucune envie d'être là, me rappela Lorenzo.

— Je sais. Merci d'être venu. C'est événement important pour notre famille et il était important que tu sois là pour ça. »

J'attrapai Lorenzo par la nuque, plantai mon regard dans le sien et l'embrassai sur la joue.

« Merci, » lui dis-je en le lâchant.

Quand Kuroi entra derrière moi avec la boîte, Lorenzo le salua d'un signe de tête. Kuroi lui répondit d'un hochement de tête. Suivant le regard de Kuroi, je vis que Matteo le dévisageait.

Il y avait encore de la tension entre eux et je devais prendre le parti de mon mari quelle que soit la situation. Mais Matteo avait montré sa loyauté en ne donnant pas l'arme à Oncle Vinny.

« Matteo, dis-je en le saisissant par la nuque pour le tirer vers moi. Je veux que tu mettes fin à ce conflit qui t'oppose à Kuroi. Tu m'entends ? C'est mon mari. Tu es mon frère. Ne me demande pas de choisir. Parce qu'il fait partie de la famille aussi.

— Je t'entends, » dit Matteo avant que je l'embrasse et le relâche.

Le regardant s'approcher de Kuroi, j'étais prêt à réagir.

« Kuroi.

— Matteo, répondit Kuroi en le fixant comme si mon frère était un serpent sur le point d'attaquer.

— Tu veux que je prenne ça ? proposa Matteo en faisant référence à la boîte que tenait Kuroi.

— Il s'en charge », intervins-je, voulant la présenter en personne.

Après Matteo, je présentai Kuroi à Giovanni et Marco, puis j'entrai dans la cuisine pour retrouver ma mère. Vêtue de son tablier blanc et bleu à motif d'oiseaux, elle était occupée à servir les assiettes. Sans se retourner, elle dit :

— J'ai cru comprendre que c'était à toi qu'on devait la venue de Lorenzo aujourd'hui ? »

— C'est bien moi qui lui ai demandé de venir. Ma, puis-je te présenter quelqu'un ? »

En se retournant, elle se retrouva face à Kuroi. Elle le dévisagea.

« J'aimerais te présenter mon mari, Kuroi. »

Elle tourna brusquement son regard vers moi. Manifestement, elle ne savait pas quoi dire. Je décidai donc d'improviser :

« C'était un mariage arrangé pour lier nos deux familles après ce que Matteo a fait… » Je m'interrompis. Ma mère était tenue dans l'ignorance pour tout ce qui concernait le business familial. Donc, elle ne devait absolument pas entendre parler de ce que Matteo avait fait. « Mais cela n'a pas d'importance. Kuroi est mon mari maintenant, dis-je en le tirant vers moi et en passant un bras autour de ses épaules. Et je suis heureux. »

C'est alors que ma mère sourit et s'avança vers lui. Après avoir levé les bras en l'air en signe de célébration, elle essaya de le prendre dans ses bras, mais la boîte l'en empêcha.

« Qu'est-ce que c'est ? demanda ma mère en la désignant.

— C'est une surprise, Ma.

— Eh bien, je vais vous débarrasser, dit Ma en essayant de prendre la boîte des mains de Kuroi.

— Je m'en charge », intervins-je en la prenant. Alors, Ma prit Kuroi dans ses bras.

« C'est toujours une bénédiction d'avoir un autre fils. »

Elle se tourna vers moi. « Ne pense pas que cela te libère de ton devoir de me donner un petit-enfant. »

Kuroi tourna son regard vers moi.

« Un pas à la fois, Ma.

— Oui, un pas, acquiesça-t-elle. Asseyez-vous, asseyez-vous. Votre père ne va pas tarder à descendre. Je vais préparer une autre assiette. »

Alors que tout le monde se réunissait dans la salle à manger, je pris place à un bout de la table et posai la boîte sur la desserte derrière moi. Quand tout le monde fut installé, Pa descendit les escaliers tel un empereur. Je ne pouvais dire s'il était surpris ou déçu de me voir. Quoi qu'il en soit, je le fixai froidement.

Ses yeux se posèrent momentanément sur Kuroi avant de s'en détourner. Pa n'aimait pas Kuroi. Sachant qui était son père, je ne savais pas si Pa l'aimera un jour.

Mais peu importait. Il n'avait pas besoin d'aimer Kuroi. Mais il devait le respecter en tant que mari du chef de la famille.

Pa s'assit sans un mot et Ma termina de servir Quand elle se fut assise, avant que ne commence l'action de grâce, je me levai.

« Si personne n'a d'objection, je voudrais dire quelque chose avant de commencer parce que nous avons un invité spécial aujourd'hui. »

Tout le monde se tourna vers Kuroi.

« Je sais que peu d'entre vous l'ont rencontré. Les autres ont entendu parler de lui. Mais nous pouvons tous remercier Pa pour sa présence ici aujourd'hui. Oui, c'est Pa qui l'a invité. »

Tout le monde se tourna vers Pa.

« Je n'ai jamais invité ta disgrâce dans ma maison », rétorqua-t-il.

Je me tournai vers lui.

« Tout d'abord, fais bien attention à ce que tu dis si tu ne veux pas que je te coupe la langue.

— Dante ! s'exclama Ma, choquée.

— Dante, tu ne peux pas parler comme ça à Pa, intervint Matteo.

— Je ne peux pas parler comme ça à Pa, hein ? Tu crois que tu peux me dire ça comme ça ? Tu veux voir ce qui se passe si tu continues ? » dis-je prêt à exploser.

Matteo recula. Je poursuivis.

« Vous pourriez tous penser que je parle de Kuroi. Bien qu'il soit spécial d'avoir mon mari ici avec la famille pour la première fois, ce n'est pas cela. La personne que je voulais évoquer est… »

Je me tournai pour prendre la boîte. La mettant brutalement sur la table devant moi, je détachai le ruban qui la maintenait fermée et soulevai le couvercle.

« …c'est Oncle Vinny. »

Pa regarda les yeux de son frère et manqua de s'étouffer. Il se jeta en arrière dans sa chaise, choqué. Tout le monde fit de même, sauf Kuroi. Mon mari, lui, croqua dans un petit pain, ce qui était un peu un tabou, car à cette table, on ne mangeait pas avant d'avoir prié. Mais il était nouveau ici, alors je ne cherchai pas à le corriger.

« Quel est le problème, Dante ? dit Lorenzo en s'éloignant de la table.

— Oh, ne me remerciez pas pour la présence d'Oncle Vinny ici. Vous devez remercier Pa. N'est-ce pas ? Car après des années de bannissement, Pa a offert à notre Oncle Vinny un marché. Il pouvait revenir à condition de faire une chose pour Pa : me tuer. »

Tout le monde eut un haut-le-cœur.

« Ne fais pas semblant d'être surpris, Matteo. Je sais que tu étais dans le coup.

— Je te jure, Dante, je n'aurais jamais pu aller jusqu'au bout. Je n'aurais jamais pu te trahir comme ça ! » affirma-t-il, comme s'il craignait pour sa vie.

— Je ne sais pas si c'est vrai. Mais tu ne l'as pas fait et c'est ce qui compte. C'est pourquoi ta tête n'est pas dans la boîte à côté de la sienne. Tu comprends, Matteo ? »

Comme il ne répondait pas, je répétai plus fort.

« J'ai dit, tu comprends ?

— Oui, Dante. Je comprends.

— Bien. »

Je me tournai vers Pa et fit le tour de la table pour m'approcher de lui. Ses yeux ne cessaient de passer de la tête de son frère à la mienne.

« Maintenant, la question est, que dois-je faire de Pa ? Tu as engagé quelqu'un pour me tuer. Un membre de ta famille, de surcroît. Et pourquoi ? Parce que j'ai épousé celui qui sera probablement l'amour de ma vie. »

Je me rapprochai de lui pour le regarder dans les yeux.

« Tu sais, si tu ne peux pas l'accepter, je devrais probablement mettre fin à ta souffrance maintenant. Parce que ni lui ni moi ne partirons. Est-ce que tu préfères ça, Pa ? Veux-tu que je mette fin à ta souffrance ? »

La bouche de Pa remua sans qu'aucun mot n'en sorte.

« Qu'est-ce que tu as dit ? Tu dois parler un peu plus fort. Tout le monde ici doit entendre ce que tu dis.

— Je peux l'accepter, dit-il, semblant à deux doigts de perdre le contrôle de lui-même.

— Et tu ne le dis pas seulement, n'est-ce pas ? Car je me rappelle de ce que tu nous as appris sur la façon de gérer les menteurs.

— Je dis la vérité, » répondit-il, manifestement toujours en état de choc.

Je hochai la tête, satisfait.

« Bon. Bon. Alors, c'est réglé. Allez tout le monde, prenez place. Savourons le délicieux dîner dominical que nous a préparé Ma. »

Tout le monde me fixa sans bouger. Une fois que je me fus assis, Lorenzo se tourna vers moi.

« Dante, tu ne peux pas nous demander de manger avec cette chose-là » dit-il en désignant la tête.

— Lorenzo, cette chose-là, c'est notre Oncle Vinny. Assieds-toi et montre du respect ! répondis-je, perdant mon sang-froid.

— Dante, regarde Ma, me dit Matteo en désignant notre mère qui était aussi blanche qu'un fantôme.

— Ce n'est pas moi qui l'ai invité ici. Si vous avez un problème avec ça, adressez-vous à Pa. Maintenant, asseyez-vous et mangez ! »

Quand tout le monde fut réinstallé, je dis la prière de la famille. Sans chercher à y ajouter aucun mot d'esprit. Je fis juste le travail et servis.

« Le rôti est très bon, Ma. Tu t'es surpassée, lui dis-je.

— Oui, mes compliments au chef », ajouta Kuroi avec un sourire.

Ce n'était pas le dîner le plus détendu que notre famille ait jamais eu, mais ce n'était pas non plus le moins. Là-dessus, tout était toujours une question de perspective. Durant notre enfance, il y avait eu des moments où Pa nous avait fouettés si fort que notre peau s'arrachait de notre chair. Ensuite, au dîner, il nous obligeait à nous asseoir et à manger, aussi détendus que possible.

À présent, les rôles étaient inversés. Pa mangeait le rôti de Ma sans pouvoir détourner ses yeux de ce qui aurait pu être son sort. Moi, de mon côté, avais assuré ma survie et celle de Kuroi, du moins au sein de ma famille.

La seule chose qu'il restait à faire après cela était liée à Sato. Je ne savais pas si je pouvais simplement le tuer. Il était l'un des hommes les plus protégés de New York. L'atteindre pourrait prendre un certain temps. Avant d'emporter la tête avec nous à la fin du dîner, nous réfléchîmes ensemble pour élaborer un plan. Trois têtes valent mieux qu'une.

Je plaisante, bien sûr, nous nous débarrassâmes de la tête d'Oncle Vinny comme nous l'avions fait de son corps, avec l'aide des installations de Sato. Je devais quand même le reconnaître, les Yakuza étaient un groupe organisé. J'avais bien une chose ou deux à apprendre d'eux. Rien d'étonnant à ce que Sato soit parvenu à monopoliser le marché de l'héroïne à New York si rapidement.

De certaines manières, je l'admirais. Ce qui ne changeait pas ce que j'allais lui faire. Il avait gagné sa place en enfer dès la minute où il avait vendu Kuroi en esclavage sexuel. Et je n'allais pas lui refuser son dû.

La seule question était, comment allais-je le faire ? Et comment Kuroi réagirait-il si je le lui disais ?

Chapitre 13

Kuroi

Je rentrais chez moi, bouleversé par le dîner chez la famille de Dante. C'était incroyable. Comment la mère de Dante avait-elle réussi à rendre le rôti aussi bon ? J'avais mangé dans les meilleurs restaurants du monde entier. Aucun ne pouvait se comparer à sa cuisine.

Je n'avais jamais connu ma mère. Autant que je sache, elle était morte. Sinon, pourquoi mon père m'aurait-il pris en charge ? Je n'avais jamais rencontré la mère de Yuki non plus. Je ne l'avais vue que de loin. Mais quand mon père avait été envoyé à New York, j'étais parti avec lui et un chef préparait tous nos repas.

Assis autour de la table des Ricci, je ne pouvais m'empêcher de me demander ce que cela aurait été de grandir dans une famille comme celle de Dante. Avoir une mère qui se tuait à la tâche pour cuisiner pour sa famille, et des frères et sœurs qui se réunissaient le dimanche pour en profiter.

L'histoire de la tête coupée, je connaissais. On ne pouvait pas rester près de mon père trop longtemps sans en voir une. Mais le reste… Oui, il y avait de la tension entre Dante et ses frères, mais il était clair qu'ils s'aimaient tous.

Malgré l'ordre de son père, Matteo avait refusé de trahir Dante. Il avait défié son père pour son frère. Je ne pouvais pas imaginer ce que c'était que de ressentir un tel amour. La chose la plus proche que j'avais vécue, c'était lorsque l'oncle de Dante avait dit ces mots à propos de nous deux et que Dante l'avait tué pour ça.

À part Yuki, personne n'avait jamais pris soin de moi. J'ai grandi dans une quête désespérée de reconnaissance. Mais mon père ne m'avait jamais même regardé.

Finalement, j'avais trouvé comment attirer son attention. J'avais fait en sorte qu'il ne puisse pas m'ignorer. J'avais exigé son attention, et il m'avait répondu en me vendant.

Sans Yuki, j'aurais peut-être perdu la raison avec l'enfance que j'avais eue. Sans elle, je n'aurais pas su ce qu'était l'amour. Elle était la seule à m'avoir jamais aimé. Et j'avais tué tous ceux qui avaient essayé après elle.

« Qu'est-ce qui ne va pas ? demanda Dante alors que nous nous garions sur son emplacement.

— Comment ça ? demandai-je

— Tu pleures.

— Ne sois pas ridicule, dis-je offensé.

— Tu pleures, » insista-t-il avant de tendre la main à travers la voiture et d'essuyer mon visage de son doigt. Il me le montra. Son doigt était humide.

Surpris, j'essuyai rapidement mon visage et sortis de la voiture.

« Je ne pleurais pas. »

Me rejoignant pendant que nous marchions vers l'ascenseur, Dante me regarda, l'air préoccupé.

« Ce qui s'est passé t'a effrayé ?

— Quoi ?

— La tête coupée et le dîner. »

Je le regardai et ri.

« Tu es bête mais mignon. »

Il s'arrêta.

« Écoute, Kuroi, je t'aime. Je t'ai dit que je t'aimais. Et je ferai tout pour te protéger. Mais tu dois faire un effort. Tu ne peux pas simplement éclater en sanglots sans me dire ce qui se passe. Comment crois-tu que je me sens ? »

Je m'arrêtai pour me tourner vers lui, frustré.

« J'ai dit que je ne pleurais pas.

— Alors c'était quoi, des allergies ? demanda-t-il sarcastiquement. Il y avait du liquide de robot qui coulait de ton visage ? Désolé de te décevoir, mais tu n'es pas un robot. Tu ressens des choses, même si tu ne veux pas l'admettre.

— Écoute-moi, Dante, je ne pleurais pas ! insistai-je.

— Et l'autre nuit alors ? »

Je me figeai.

« Quelle autre nuit ?

— La nuit où… nous avons fait cette chose et où tu as… tu sais… perdu pied ?

— Ce n'était pas moi.

— Eh bien, j'espère que c'était toi. Nous venons de nous marier. C'est trop tôt pour inviter un autre homme dans notre lit, répliqua-t-il sur le ton de la plaisanterie.

— Dante, » dis-je, submergé.

Il m'attrapa par les épaules et me regarda dans les yeux.

« Tu n'es pas obligé de faire ça. Je sais que je ne suis pas très bon en communication. Pourquoi le serais-je ? Mais je sais que c'est important alors j'essaie. Si je te fais mal, tu dois me le dire. C'est pour ça qu'il y a un mot de sécurité, non ? Pour que je ne te fasse pas mal. Tu ne peux pas me laisser faire des choses qui te blessent.

— Tu n'as rien fait qui m'a blessée, insistai-je.

— Alors pourquoi pleurais-tu ?

— Parce que ma vie est foutue, Dante. Je ne sais pas si tu le sais, mais tout le monde m'appelle la Veuve Noire. Et ils ont raison.

— Personne ne peut de te parler comme ça.

— Si. Parce que je suis la Veuve Noire. Je te tuerai, Dante. Je ne le veux pas. Et je ne saurai même pas que je le fais. Mais un jour, je vais me réveiller et te trouver allongé à côté de moi, mort. Je ne peux pas supporter ça, Dante. Je ne veux pas te perdre. Je ne peux pas te perdre. Je t'aime.

— Attends, tu m'aimes ?

— Oui… Enfin, je ne sais pas. Comment quelqu'un comme moi est-il censé savoir ce qu'est l'amour ? »

Je tombai dans les bras de Dante et oui, je pleurai. Ce n'était pas Shiro, c'était Kuroi. Ou, peut-être que ça ne l''était pas. Je ne savais plus qui j'étais.

« Je ne veux pas te tuer, Dante.

— Écoute-moi. Tu ne vas pas me tuer.

— Je vais te tuer et je vais me tuer juste après. Parce que je ne veux pas vivre sans toi.

— Kuroi, tu ne vas pas me tuer. Je te connais. Tu m'entends. Je sais qui tu es et tu ne me ferais jamais de mal.

— Je suis désolé, Dante, dis-je à travers mes larmes.

— Tu n'as rien à te faire pardonner. Tu ne pourras jamais me faire de mal.

— Tu veux dire, plus jamais ? »

Dante rit.

« Oui. Tu ne pourras plus jamais me faire de mal. Tu m'as bien eu lorsque tu m'as poignardé. Et les points de suture sur ma tête sont toujours là. Mais maintenant, nous nous connaissons. Et l'homme que je connais sous le nom de Kuroi ne me blessera jamais… plus jamais. »

Je ris en reniflant. M'éloignant de lui, j'essuyai mes larmes. Quand je regardai la chemise de Dante, elle était couverte de maquillage.

« Si je ne te tue pas, je vais devoir investir dans du maquillage waterproof. »

Dante regarda sa chemise blanche tachée de fond de teint.

« Tu portais du maquillage ? Je jurerais que tu n'en avais pas ce matin. »

Je levai les yeux vers Dante et secouai la tête.

« Heureusement que tu es mignon. »

Après s'être repris, nous continuâmes vers l'ascenseur et montâmes jusqu'à notre appartement. Lorsque les portes s'ouvrirent sur notre étage, mon corps réagit. Posant ma main sur Dante, je l'arrêtai.

« Quoi ? » chuchota-t-il en me voyant me préparer pour un combat.

Je lui fis signe de rester où il était. Répondant à son regard qui disait qu'il était hors de question qu'il reste en arrière, je gesticulai avec encore plus d'insistance, et il obéit.

Penchant la tête hors de l'ascenseur et ne voyant personne derrière la porte, je m'accroupis et sortis prudemment. Je connaissais cette odeur. Elle était faible et je n'étais pas sûr de qui c'était. Mais j'étais certain que cette personne n'avait rien à faire ici.

Balayant du regard l'espace ouvert, je ne vis rien. Mais ça ne voulait pas dire grand-chose. Il y avait au moins trois pièces que je ne pouvais pas voir et…

« Yuki », dis-je, réalisant soudain qui c'était.

Quelques instants plus tard, ma sœur sortit de la chambre de Dante. Elle n'était pas habillée comme d'habitude, dans son style japonais distinct. Elle était tout en noir, comme si elle essayait de se fondre dans la nuit.

« Yuki ? fit Dante en sortant de l'ascenseur et en la voyant. Que fais-tu ici ? »

— Je suis venu rendre visite à mon frère, » dit-elle avec son calme habituel.

Dante regarda ma sœur puis moi. Il n'y croyait pas. Moi non plus.

« Peux-tu verrouiller la porte ? » demandai-je à Dante.

Je ne savais même pas si c'était possible. Je savais qu'il fallait une clé pour arriver à notre étage. Mais cela ne signifiait pas qu'il pouvait empêcher quelqu'un de sortir.

« Je peux, dit-il en insérant une clé dans le panneau de l'ascenseur.

— Ce ne sera pas nécessaire, répliqua Yuki avec désinvolture.

— Pas autant que de venir ici en mon absence, » remarquai-je.

Yuki se se dirigea vers le canapé.

« Ne comptes-tu pas offrir quelque chose à boire à ta sœur ? »

Je ne savais pas ce qu'elle avait derrière la tête, mais je décidais de jouer le jeu.

« Bien sûr. J'en oublie les bonnes manières ?

— Déplorables, » commenta Yuki.

Je ne savais pas si elle plaisantait ou non. La connaissant, certainement pas.

« Du thé ? lui proposai-je.

— Si tu en as, répondit-elle d'un air désapprobateur.

— Il se trouve que, oui, dis-je avant de me diriger vers la cuisine pour le préparer.

— Attends, on va juste faire comme si c'était pas complètement bizarre qu'elle soit chez nous quand on est arrivés ? »

Yuki répondit avant que je ne puisse le faire.

« Considérant le FaceTime que j'ai reçu de Shiro, j'ai pensé que nous avions dépassé le stade de la bizarrerie. »

Cela fit taire Dante un instant.

« Écoute, lui demande de t'appeler était une erreur de ma part. »

— Peut-être que ceci est une erreur de la mienne. Combien en a-t-on de permis chacun ? »

Encore une fois, Dante resta silencieux. Ne sachant à l'évidence pas quoi répondre, il serra les dents et se dirigea vers sa chambre, me laissant seule avec ma sœur.

« Nous n'avons que des sachets de thé », dis-je à Yuki.

Je n'avais pas besoin de la regarder pour savoir qu'elle n'appréciait pas. Sélectionnant le seul de la réserve de Dante qui valait la peine d'être consommé, je mis de l'eau à bouillir dans la cafetière. Sans dire un mot, je sortis une tasse du placard et y versai l'eau chaude.

Yuki ne tarda pas à faire connaître son opinion. Posant la tasse aussitôt qu'elle la reçut, elle me regarda, me mettant au défi de défier notre éducation en buvant du thé dans une tasse. Je la portai à mes lèvres avant de la poser. J'avais beau essayer de le combattre, comme mon père, Yuki avait un certain pouvoir sur moi. Je ne pouvais guère moins défier la volonté de mon père que celle de Yuki.

« Alors, pourquoi es-tu là ? » demandai-je après avoir suffisamment attendu.

Redressant son dos, elle dit : « Pour te ramener à la maison. »

— Je suis chez moi, lui répondis-je, décontenancé.

— Non. Tu es là où père t'a mis. »

Je ne pouvais pas le nier. Père avait décidé que j'épouserais Dante, et c'est pour cela que j'étais ici.

« C'est peut-être comme ça que ça a commencé, mais Dante est mon mari maintenant. Je suis là où je suis censé être.

— Là où tu es censée être, c'est à la maison.

— C'est ce que j'essaie de te dire, Yuki. Je suis chez moi.

— Est-ce que tu étais chez toi quand père t'a donné la première fois ?

— Non, dis-je, répugnée par ce souvenir.

— Mais, à ce moment-là, tu pensais que tu étais chez toi. »

J'ouvris la bouche pour le nier, puis m'arrêtai en me souvenant de ce qui s'était passé. Ce n'était pas de la première année passée chez le partenaire d'affaires de mon père dont Yuki parlait. C'était de la deuxième. Ou, peut-être la troisième. Mais, après un moment, j'avais cessé de lutter contre ma situation et m'y étais résignée.

En dehors de ce qui se passait la nuit, j'avais une certaine liberté. Je ne pouvais aller nulle part sans sa permission ou et je ne pouvais pas avoir d'amis. Mais tant que j'étais accompagnée par un de ses hommes, je pouvais faire ce que je voulais. Je pouvais boire. Je pouvais sécher les cours. Sérieusement, je pouvais même coucher avec mes prof si je le voulais.

Dans cette illusion brumeuse, j'avais commencé à me voir comme un privilégié. Réfléchissez-y. J'étais en cage, mon corps ne m'appartenait pas, mais je pouvais acheter tout ce que je voulais et traiter les gens comme bon me semblait. J'étais une princesse Disney.

« J'étais jeune et stupide à l'époque. Maintenant je ne le suis plus.

— Mais une fois de plus, tu crois être chez toi. La nouvelle cage où père t'a enfermé est redevenue ton chez-toi. Aurais-tu quitté ton premier chez-toi si quelqu'un ne t'avait pas libéré ?

— Libéré ? Je me suis libéré moi-même, dis-je, sachant que mon maître avait été la première victime de la Veuve Noire.

— Et le second homme à qui père t'a donné ?

— Là aussi, dis-je, moins sûr de moi.

— Et le troisième ?

— Aussi, dis-je, ébranlé par les questions de Yuki.

— Hmm » murmura-t-elle avant de saisir la tasse et de prendre une gorgée.

Des frissons parcoururent mes bras. Mon cœur s'affolait alors que je m'efforçais de paraître calme. Elle savait quelque chose et elle voulait que je sache qu'elle le savait. Mais quoi ? Savait-elle comment je les avais tués ? Comment pouvait-elle savoir ça ?

« Je ne partirai pas d'ici, lui dis-je.

— Tu le feras, dit-elle avec confiance.

— Je ne vais pas refaire ce que j'ai fait.

— Qu'as-tu fait ? Dis-moi, comment t'es-tu libéré ?

— Je… les ai tués, avouai-je en une tentative désespérée de menace.

— Qui as-tu tué ? Dis-moi. Qui as-tu la force de tuer ? »

Je n'avais pas besoin de lui dire. Tout le monde savait comment on m'appelait. Je tuais mes amants. Même ceux que j'aimais. Elle le savait. Pourquoi me forçait-elle à le dire ?

Et soudain, je compris. Elle me forçait à le dire parce que… je ne l'avais pas fait. Qu'est-ce que je n'avais pas fait ? Je ne les avais pas tués. Mais ils étaient tous morts. Je m'étais réveillée à côté de chacun d'eux. Tous étaient morts.

Je me levai, accablée par le souvenir. Pourquoi me faisait-elle revivre cela ? À chaque fois, je m'endormais à côté d'eux et me réveillais face à un cadavre froid dans l'odeur de merde ou de pisse de leurs entrailles qui s'étaient relâchées.

J'étais la Veuve Noire. Je tuais tous ceux qui osaient m'aimer. Et je me souvenais d'une autre chose. Peut-être pas la première fois que cela était arrivé, ni même la deuxième, mais les autres fois, je me souvenais toujours qu'il y avait un parfum dans la pièce la nuit précédant leur mort.

C'était faible. Ça avait toujours été faible. C'était plus une sensation qu'autre chose. Une perception qui restait juste en dessous de ma conscience. C'était le même parfum que je sentais… ce soir.

« C'était toi ! dis-je, réalisant enfin comme un coup de massue. Ce n'était jamais moi. C'était toi ! »

Elle me regarda, impassible, inflexible.

« Mais, comment ? Pourquoi ?

— Tu m'appartiens, dit Yuki d'une voix désinvolte. Père t'a donné à moi.

— Je... Quoi ?

— Tu rentreras à la maison parce que père t'a donné à moi et tu appartiens à la maison.

— Comme... ta poupée ? »

Les pensées se bousculaient dans mon esprit tandis que j'essayais de comprendre ce qu'elle disait. Avait-elle tué tous mes amants par jalousie ? Ou était-ce par possession ? Pensait-elle qu'elle me possédait ? Que personne d'autre n'avait le droit de m'avoir ?

Je fixai Yuki, qui me regardait toujours, impassible et calme. Elle le croyait. Elle pensait que je lui appartenais. Et quand père m'avait donné...

« C'est toi qui as murmuré à son oreille », murmurai-je, me souvenant de ce que la femme des douanes avait dit à propos de son frère.

Quelqu'un lui avait insufflé l'idée que l'Italienne était comme ça. Cela ne pouvait être que quelqu'un qui avait accès à lui et en qui il avait confiance.

Son frère avait travaillé directement avec mon père. Cela signifiait qu'il était souvent au complexe. Et que si Yuki lui avait dit quelque chose, il l'aurait au moins pris en considération.

« Pourquoi lui avoir dit quelque chose ça ? Tu ne pouvais pas savoir où ça mènerait ? »

Yuki cligna des yeux. C'était lent et glacial. Elle avait tout dit.

« Tu savais. C'était ton plan. Tu voulais la guerre. Mais pourquoi ? »

Sa douceur ne pouvait pas masquer le cri sauvage qu'elle retenait. Incapable de se contenir un instant de plus, elle lâcha :

« S'il peut m'enlever quelque chose qui est à moi, je peux lui prendre quelque chose qui est à lui. »

Je retombai sur le canapé, stupéfié. Pendant si longtemps, j'avais pensé que j'étais un monstre. Non, j'étais pire qu'un monstre car les monstres ne tuent pas ceux qu'ils aiment.

Le pire était que je ne pouvais jamais me souvenir de l'avoir fait. Cela signifiait que je ne pouvais jamais être digne de confiance. Je ne pouvais jamais me permettre d'aimer qui que ce soit, et je ne pouvais pas me faire confiance si je le faisais.

Mais à présent, je comprenais. La seule personne que je croyais bienveillante envers moi était la seule sur laquelle je ne pouvais pas compter. Je n'avais jamais vraiment été une personne pour elle. J'avais toujours été sa poupée. Sa possession. Et lorsque son père la lui avait enlevée…

« Comment as-tu pu ? demandai-je, laissant les larmes couler sur mes joues. Je pensais que tu m'aimais. »

Elle ne dit rien. Son silence m'arracha le cœur. Je n'étais rien. Personne ne s'était jamais soucié de moi, et personne ne le ferait jamais.

C'est à ce moment que Dante sortit de la chambre. Comme un taureau, il fonça vers Yuki. La voyant arriver, elle essaya de reculer mais ne put éviter son étreinte. Sa grande main enveloppa son cou délicat et serra.

« Dante ! criai-je.

— Qu'est-ce que c'est ? » hurla-t-il en brandissant sa brosse à dents devant elle.

La terreur inonda le visage de Yuki alors que son regard se fixa sur la brosse à dents.

« Qu'est-ce que c'est ? répéta-t-il.

— Qu'est-ce qui se passe ? demandai-je, paniqué.

— Il y a quelque chose dessus.

— Qu'est-ce que c'est ?

— Je ne sais pas. Mais elle, elle sait.

— Je ne sais rien, protesta Yuki, en luttant contre la main de Dante autour de son cou sans quitter la brosse à dents des yeux.

— Tu ne sais pas, hein ? Alors, je suppose que ce n'est rien. Viens ici », dit Dante en la repoussant sur le canapé et en faisant glisser sa main de son cou vers sa mâchoire.

Yuki frappa et griffa Dante de toutes ses forces. Il poursuivit comme si de rien n'était. Il semblait déterminé à lui faire ouvrir la bouche.

« Ahhh ! » cria-t-elle.

Dante était inflexible. Une fois ses lèvres écartées, il enfonça sa brosse à dents dans sa bouche. Elle secoua la tête, le suppliant d'arrêter. Mais il ne le fit pas. Et avec une détermination féroce, il lui brossa la langue et les dents.

Quand il eut terminé, il retira la brosse. Quand il eut relâché sa prise sur sa mâchoire, Yuki pleura. Je ne l'avais jamais vue exprimer autant d'émotion. Cela me brisa le cœur.

« Non, non ! fit-elle sans se battre davantage contre Dante.

— Qu'as-tu fait ? demandai-je à Dante.

— Elle seule le sait, répondit-il en se retirant et en la regardant se tordre de douleur.

— Yuki, qu'as-tu fait ? lui criai-je.

— Non, non ! » Elle continuait à se rouler d'un côté à l'autre sur le canapé.

« Je ne comprends pas, Dante. Qu'est-ce qui se passe ?

— Je savais qu'il y avait une raison à sa présence ici alors j'ai cherché, expliqua-t-il en la regardant pleurer. J'ai trouvé quelque chose sur ma brosse à dents. C'était comme un gel et ça n'avait pas d'odeur. C'est alors que je me suis souvenu d'un truc qui s'est passé pendant notre mariage. Yuki m'a donné un verre. »

Je regardai Dante, choqué en me souvenant de cela.

« Mais moi aussi j'ai bu.

— Non, tu as bu ton propre verre et Yuki a contrôlé ce que je consommais.

— Elle t'a empoisonné.

— Et elle a fait en sorte que ça ressemble à une crise cardiaque. »

Le corps de Yuki était à présent pris de convulsions.

« Je pense que ce qu'elle a mis dans mon verre, elle l'a aussi mis sur ma brosse à dents. Je ne pense pas que ce soit toi qui aies tué ces gens. Je pense que c'est elle. Personne ne partage sa brosse à dents. »

Yuki, toujours secouée de convulsions, tomba du canapé et se traîna à genoux. J'avais de la compassion pour elle. Je savais que je n'aurais pas dû. Mais c'était ma sœur. Elle avait été la seule personne que j'avais aimée. Elle était la seule à m'avoir jamais aimée.

« Y a-t-il un antidote ? » lui demandai-je.

Elle leva les yeux vers moi. Elle était possédée par la rage. Je voyais enfin la vraie Yuki. Sa façade polie avait disparu.

C'était le démon vengeur qu'elle avait caché si longtemps. Je n'avais jamais connu ma sœur. Toute ma vie avait été un mensonge.

Luttant pour se lever, elle se mit à errer, semblant tâtonner sans but particulier. S'il y avait eu quelque chose pour contrebalancer son poison, elle l'aurait pris. Si quelque chose avait pu l'aider, elle l'aurait demandé.

Au lieu de cela, elle hantait les lieux comme un fantôme brisé. Sa peau pâle la transformait en la Yuki-Onna qu'elle avait toujours été.

Gémissante et tremblante, elle se tourna vers Dante et moi et se lança sur nous. Je ne savais pas ce qu'elle cherchait. Peut-être rien du tout. Mais après avoir regardé Dante avec des yeux plus froids que l'enfer, elle se laissa tomber en arrière, glissa le long de son corps et mourut à nos pieds.

Elle venait d'avoir une crise cardiaque. Je pouvais le dire par son visage figé. Ce visage, je l'avais vu de nombreuses fois auparavant. C'était celui à côté duquel je m'étais réveillée plus de fois que je voulais m'en souvenir.

« Elle était venue ici pour te tuer, dis-je à haute voix essayant de comprendre.

— Oui, elle l'était.

— Elle voulait que je rentre à la maison.

— Tu es chez toi ici », dit Dante en m'enlaçant et en me serrant fort contre lui.

Alors que les larmes coulaient à nouveau sur mon visage, je m'appuyai contre le corps musclé de mon mari. Il était bâti comme un chêne, solide, fort et résistant. Il était fiable et inflexible. La meilleure chose qui me soit jamais arrivée était de l'épouser. Et peu importait l'endroit où notre vie ensemble nous mènerait, je le suivrais partout où il m'emmènerait.

Contrairement à tous les autres, il me protégerait. Il me serrerait contre lui quand je pleurerais, et dans ses bras, je pourrais enfin dormir.

« Ça va ? » me demanda-t-il en me regardant avec bienveillance.

Plongeant mon regard dans ses tendres yeux, la seule chose que je parvins à dire fut : « Cerise. »

Épilogue

Dante

Ce n'était pas une attaque de panique. Je savais que ça ne l'était pas. Je veux dire, j'avais eu des doutes quand rien d'autre n'avait de sens. Mais la seule chose dont je n'avais jamais douté, c'était de l'innocence de Kuroi.

À bout de forces, je couchai Kuroi et je me débarrassai du corps de sa sœur. Kuroi ne voulait pas savoir ce que j'avais fait d'elle. Elle l'avait trahi toute sa vie. Il avait besoin de temps pour gérer ça. Et les désirs de mon chéri étaient des ordres.

Au lieu de brûler le corps de Yuki comme nous l'avions fait avec Oncle Vinny, je l'entreposai et éliminai toutes traces de sa présence chez nous, après m'être assuré qu'elle n'avait pas corrompu le concierge pour entrer. Elle ne l'avait pas fait. La façon dont elle était entrée demeurait un mystère. Je n'aimais pas ça, car ça signifiait que d'autres pouvaient probablement faire de même.

L'autre chose que je fis cette nuit-là fut de garder de côté ma brosse à dents. Je devais savoir avec quoi elle avait essayé de me tuer.

« De l'aconit, dis-je à Kuroi quelques jours plus tard quand mes gars eurent fini leur analyse.

— L'aconit vient d'une fleur. Elle avait un jardin au domaine. Elle passait beaucoup de temps à s'en occuper. »

— Son poison agit en quelques minutes et les symptômes peuvent être confondus avec ceux d'une crise cardiaque. Je suppose qu'elle a sous-estimé ma carrure en le mettant dans mon verre au mariage. Cette substance est mortelle. Je n'aurais pas dû survivre. Ce qui fait de l'aconit le poison parfait, c'est que la petite quantité nécessaire pour tuer quelqu'un passe généralement inaperçue lors de l'autopsie. Mais la quantité qu'ils ont trouvée sur ma brosse à dents aurait pu tuer une vache.

— C'est pour ça qu'elle n'a pas essayé de se sauver, conclut Kuroi. Elle savait qu'elle ne pouvait pas.

— Probablement.

— Je comprends pourquoi elle a tué tous ces hommes. Du moins certains d'entre eux. Je pense qu'elle croyait peut-être me sauver. Mais, pourquoi a-t-elle suggéré des choses cet homme au sujet de l'ami de ton frère ? C'est ce qui m'a poussé à l'abandonner. Elle avait tué pour me récupérer. Pourquoi faire quelque chose qui m'éloignerait d'elle ?

— Elle ne pouvait pas deviner que je proposerais une fusion de nos deux familles.

— Tu as proposé ça ? demanda Kuroi, l'air surpris.

— Oui. Tu pensais que c'était Sato ?

— Il m'avait échangé si facilement avant. J'ai juste supposé qu'il l'avait fait encore une fois.

— Non. Pas cette fois.

— Donc, elle est morte parce qu'elle t'a sous-estimé, dit Kuroi avec un sourire plein de fierté.

— Elle n'est pas la première », lui répondis-je dit en songeant à Oncle Vinny et à tous ceux avant lui.

Pour ce qui était de la réaction de mon père par rapport à ce que j'avais fait, je l'attendais encore. Mais il n'y avait plus de doutes sur lequel d'entre nous était aux commandes. Et avec Oncle Vinny mort, il n'avait plus de d'alliés surprises.

Je savais qu'il n'allait pas simplement se soumettre à ce que j'avais fait parce que ce n'était pas dans sa nature. Mais ses options étaient limitées. Tant que je dominerais la situation, je resterais un pas en avant.

J'allais avoir besoin de l'aide de Kuroi pour cela. Oui, Matteo avait clarifié sa loyauté. Mais l'influence de mon père sur lui avait toujours été forte. Tant que Pa serait en vie, Matteo représenterait une menace. Mon frère avait trop besoin de l'approbation de notre père pour ne pas en être une. Kuroi et moi allions donc devoir garder un œil sur Matteo aussi.

La dernière personne dont je devais m'occuper dans toute cette affaire était Sato. Il allait mourir de ma main. Cela ne pouvait se terminer d'aucune autre manière. Mais ses niveaux de sécurité signifiaient que cela prendrait du temps. J'étais prêt à attendre.

Ce pour quoi je n'avais pas eu à attendre longtemps, c'était que Kuroi désire à nouveau ma queue.

« N'ai-je pas été sage ces derniers temps ? » me demanda-t-il un soir après le dîner.

Nous venions de finir un steak qu'il avait prétendu avoir cuisiné, mais j'étais à peu près sûr qu'il venait d'Alberto's, mon steakhouse préféré.

« Tu as été sage. J'ai été impressionné », lui dis-je en espérant savoir où cela mènerait.

Son cul serré autour de ma queue m'avait manqué. J'avais même commencé à imaginer les marques que divers objets de la maison laisseraient sur sa peau parfaite.

« Ne m'as-tu pas dit un jour que si j'étais sage, tu me récompenserais ?

— Penses-tu avoir été assez sage pour mériter une récompense ? » lui demandai-je, incapable de réprimer le sourire qui s'étirait sur mon visage.

— Je ne sais pas. L'ai-je été ? » dit-il en inclinant la tête et en portant sur moi un regard qui rendit ma queue dure comme la pierre.

— Je pense que oui », confirmai-je avant de me lever pour gagner le placard.

Alors qu'il me regardait, j'en sortis quelque chose que j'avais acheté spécialement pour cette occasion. Quand je me retournai avec l'objet, ses yeux s'illuminèrent.

« Te souviens-tu du mot de sécurité ? » demandai-je à l'homme que j'aimerais jusqu'à mon dernier souffle.

Il s'en souvenait. Alors, je commençai.

*****

Avant-première:
Profitez de cet aperçu de 'Problème de Mariage
Mafieux':

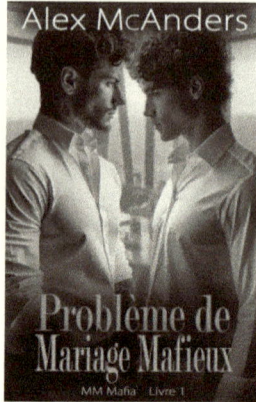

Problème de Mariage Mafieux
(Romance Gay)
Par
Alex McAnders

Droit d'auteur 2023 McAnders Publishing
All Rights Reserved

Remy Lyon, héritier milliardaire d'un empire mafieux, a
toujours convoité le meilleur ami de son petit frère,
Dillon. Il voyait en Dillon une beauté que ce dernier ne
discernait pas en lui-même, mais en raison de son statut
de prince, il n'osait pas agir en conséquence.

A l'enterrement de son père, Remy a une dernière chance
de revendiquer Dillon comme sien. Ses plans sont

contrecarrés lorsque Armand Clément, le seigneur du crime impitoyable qui détient la vie de sa famille entre ses mains, viole leur accord.

Remy avait accepté de renoncer aux activités illégales de son père en échange du maintien des légales et de la sécurité de sa famille ainsi que de sa liberté. Mais maintenant, Armand veut tout, et cela inclut que Remy donne sa main en mariage à sa fille gâtée.

Désespéré de protéger sa famille et de rester proche de Dillon, Remy engage Dillon pour l'aider à naviguer dans le monde mafieux luxueux mais dangereux qu'il a hérité. Mais leur attirance explose bientôt en une liaison torride qui les met tous deux en danger.

Remy abandonnera-t-il Dillon, le seul homme qui peut le satisfaire, ou défiera-t-il Armand et risquera-t-il une guerre qui pourrait révéler de sombres secrets de famille et changer leur vie à jamais ?

*****

Problème de Mariage Mafieux

"Dillon, je suis amoureuse de toi depuis si longtemps. Dès l'instant où je t'ai rencontré, je ne pouvais plus m'en passer. Chaque fois que tu venais passer du temps avec Hil, je me demandais si tu me voyais. Alors quand je t'ai eu si près de moi, quand j'ai eu tout ce que j'ai toujours voulu dans mes bras, j'ai été la plus heureuse que j'aie jamais été.

"Quand tu m'as laissé, j'ai essayé de vivre sans toi. Je savais qu'en agissant ainsi, je garderais tout le monde ici en sécurité. Mais l'appel était trop fort. Je ne peux pas rester éloignée de toi, Dillon. J'ai besoin de toi. Je suis là pour te dire que si tu m'acceptes, je ne te quitterai plus jamais."

J'ai rassemblé mes émotions, tentant de maîtriser la vague accablante qui menaçait de déferler.

"Remy," j'ai commencé doucement, "je t'ai quittée pour une raison. Tu dois être avec Eris. La vie de tout le monde en dépend. Et même si ce n'était pas le cas, je ne peux pas être l'autre femme... ou homme… ou peu importe. Si je le pouvais, je le ferais pour toi. Mais je ne peux pas. Je suis désolée!"

"Mais c'est précisément pour ça que je suis ici," expliqua Remy. "Je sais que je ne peux pas simplement m'éloigner d'Eris. Mais je ne peux pas non plus vivre sans toi," déclara Remy, se révélant à moi. "Alors je suis ici pour te demander ton aide à nouveau. Je n'ai pas toutes les réponses comme mon père l'avait. Et je ne suis pas lui, je ne peux pas faire ça tout seul. J'ai besoin d'aider les gens que j'aime. Et je t'aime."
En savoir plus présent

Avant-première:
Profitez de cet aperçu de 'Un sérieux problème':

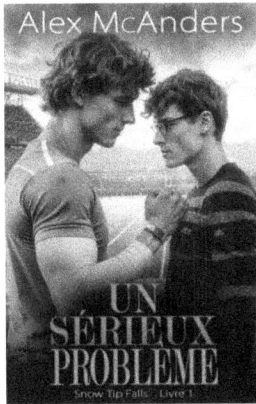

Un sérieux problème
(Romance Gay)
Par
Alex McAnders

Droit d'auteur 2021 McAnders Publishing
All Rights Reserved

Des hommes délectables ; une histoire pleine de rebondissements ; une tension sexuelle palpable

CAGE
Puisque des recruteurs de la NFL observent le moindre de mes gestes, la dernière chose à laquelle je devrais penser est Quiton Toro, mon tuteur timide, mais sexy et génial, qui me donne des pensées impures. Peut-être que je fantasme sur lui toutes les nuits, mais j'ai travaillé trop dur pendant trop longtemps pour faire une erreur maintenant.

Mais si je dois choisir entre l'avoir lui et une carrière dans la NFL, quel sera mon choix ? La réponse parait évidente, n'est-ce pas ? Alors pourquoi est-ce que je n'arrive pas à oublier la façon qu'il a de me regarder ?

Je crois que j'ai un problème.

QUINTON
Le problème lorsque l'on tombe amoureux pour la première fois est que cela vous donne des pensées folles, comme croire que vous pouvez avoir une chance avec le magnifique quarterback qui, non seulement se concentre sur le fait de passer pro, mais en plus a une petite-amie.

C'est lui qui insiste pour que nous passions du temps ensemble, ça doit signifier que je lui plais, pas vrai ? Pourquoi est-ce que je ne parviens pas à comprendre ce qui se passe ?

Et, comment va-t-il réagir en découvrant la masse de problèmes qui accompagne le fait d'être avec moi ? La seule chose que je peux espérer est que nous trouvions un moyen d'être ensemble. Mais qui pourrait parvenir à passer outre tant de difficultés ?

*****

Un sérieux problème

Je suis en train de tomber amoureux de Quin. C'est indéniable. Alors même que je suis allongé sous la lumière du matin à ne pas dormir assez, tout ce à quoi je peux penser est comment je pourrais le toucher comme je l'avais fait la nuit dernière.

Lorsque je l'ai entendu poser ses mains sur le lit entre nous, j'ai envoyé la mienne à sa recherche. Je ne savais pas si je devrais le faire ou s'il voudrait que je le fasse, mais je n'ai pas pu m'en empêcher. J'ai besoin de Quin.

Je meurs d'envie d'être avec lui. J'ai l'impression que je deviendrais fou sans lui. Et me retrouver aussi près sans pouvoir le prendre dans mes bras était une vraie torture.

J'étais sur le point de me soulager de cette douloureuse agonie lorsque je me suis tourné et qu'un réveil a retenti. Quand ce fut le cas, j'ai réalisé que je dormais encore à moitié, car il m'a réveillé. Je connaissais ce son. C'était le bruit de mon réveil. J'avais oublié de l'éteindre.

Il était probablement plus vrai de dire que je n'avais pas été suffisamment fou pour l'éteindre. Depuis que j'avais rencontré Quin, il m'était impossible de dormir huit heures. Même si je me couchais à temps pour le faire, c'était lorsque j'étais seul dans le noir que je pensais le plus à lui. Donc, l'avoir ici à côté de moi était comme un rêve devenu réalité.

Le réveil sonna à nouveau. C'est vrai, l'alarme. Je ne voulais pas réveiller Quin.

Au lieu de le laisser sonner comme je le faisais d'habitude, j'ai ouvert les yeux et me suis rendu compte d'où j'étais. J'étais sur le côté droit du lit. Le réveil était à gauche. J'allais devoir me pencher au-dessus de Quin pour l'atteindre.

N'y réfléchissant pas, je me suis étendu au-dessus de lui et ai appuyé sur le bouton off de l'appareil. Ce ne fut que lorsqu'il fut éteint que j'ai réalisé où j'étais. Bien que nos corps ne se touchent pas, j'étais juste au-dessus de lui. Je me suis figé et ai baissé les yeux. Il était sur le dos.

Mon Dieu, ce que j'avais envie de me baisser et de l'embrasser ! Il était juste là. Il était tellement près. Et à cet instant, il a ouvert les yeux.

Je l'ai regardé, pris sur le fait. Il souriait, ou bien est-ce qu'il rougissait ?

« Bonjour, » dit-il d'une voix rauque et matinale.

En le regardant, je me suis détendu.

« Bonjour, » ai-je dit, le regardant une nouvelle fois puis roulant sur le côté du lit. « Désolé pour ça, » lui ai-je dit.

« Non, ça m'a plu, » dit-il en souriant de toutes ses dents.

« Le bruit du réveil t'a plu ? »

« Oh, je croyais que tu parlais de… » Il rougit à nouveau. « Ce n'était rien. Est-ce que ça veut dire que nous devons nous lever ? Il est tellement tôt. »

« Je dois aller à l'entrainement. J'ai de la route. »

« D'accord, » dit-il en bougeant son corps de façon adorable.

Je l'ai regardé se redresser, j'étais sur le point de me lever lorsque j'ai remarqué quelque chose. J'avais un vrai problème d'érection matinale. D'accord, j'avais été très heureux de lui montrer mon membre dur hier soir, mais j'étais tellement excité par le fait d'être avec lui que j'avais perdu toutes mes inhibitions.

Après une nuit de sommeil, aussi courte soit-elle, je n'étais plus aussi courageux. Ouais, j'étais toujours aussi excité, mais nous n'allions pas retourner dans le lit. Nous le quittions. C'était toute la différence.

« Nous pourrions dormir encore un peu, pas vrai ? »
Demanda Quin en me faisant face, ses yeux magnifiques
me suppliant de le prendre dans mes bras.

« Tu peux, mais je dois me lever. La finale est samedi.
C'est notre dernier entrainement complet avant. Je ne
peux pas être en retard. »

« Très bien, » dit Quin, déçu.

Le regardant dans les yeux, j'ai pensé à la prochaine fois
où je pourrais le faire revenir ici.

« Tu veux venir au match ? Tu en as déjà vu ? »

« Tu veux que je vienne à ton match ? » Demanda-t-il
avec un sourire.

« Ouais. Pourquoi pas ? »

« Je ne sais pas. Je me suis dit que ça pourrait être ton
espace masculin ou je ne sais pas quoi. »

« Mon espace masculin ? »

« Tu sais, un espace où tu retrouves ta petite amie et tous
tes amis du foot pour faire des trucs de joueur de foot. »

« Pour commencer, il y a 20 000 places dans le stade. Il y
a de la place pour tout le monde. Ensuite, Tasha n'est pas
venue à un match depuis je ne sais plus quand. Tu
devrais venir. Comme ça, tu pourrais voir ce que c'est
que toute cette histoire. »

« Je peux voir ce que c'est depuis là où je me trouve, »
dit-il, faisant fondre mon cœur.

En savoir plus présent

*****